# 悪魔に愛されたボクサー

丸山幸一
Koichi Maruyama

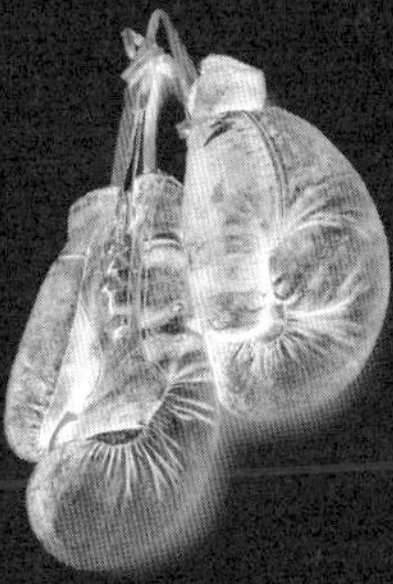

松柏社

目次

# 悪魔に愛されたボクサー

# 1

八月に入ったというのに、その夏はまだ気象庁からは梅雨明けが宣言されていなかった。私が奇妙な夢を見たのも、異常な蒸し暑さのせいだったのかも知れない。

何故かイサヤ・イコニが夢の中に登場し、ボクシングの取材をなりわいとしている私が、長年、探しても見つからなかった二〇年以上も前のスクラップブックの在り処を指摘してくれたのである。

イコニとは一九八一年にケニアからヨネクラ・ボクシングジム入りし、八三年に日本スーパーフェザー級王座を獲得。以後、六度も防衛し世界ランクも三位まで上り詰めながら、八五年に導入されたCTスキャンによる脳検査で「異常あり」の診断を下されて、引退を余儀なくされた黒人ボクサーである。

「おい、マルヤマよ」と夢の中のイコニは私の名を呼んだ。

「あのスクラップブックは、奥の部屋の一番古い本棚の後ろにおっこっているよ」

さらに彼はこう告げたのだ。

「お前が探しているスクラップの中に、俺を取材して書いた記事がちゃんと貼ってあるぜ」

こうまで明確な言葉で語ったかどうかは別として、とにかく彼はそういう意味のことを話すと消えていった。

ボクシング専門誌の『ボクシング・マガジン』に私が書かせて貰っている「拳豪列伝」という引退したボクサーを取り上げるコラムで、編集部から今回、振られたのが実はイコニだった。ただ、担当者から送られてきた資料だけでは、与えられたスペースを満たすのに不十分で、何故イコニは日本にやってきて、そして帰国したのか、一番知りたいことが分からないのである。ヨネクラジムに出向いても、そのことを記憶している人間は米倉健司会長を始め誰もいなかった。

どうしたら、いいものか。イコニが夢の中に出てきたのは、私が思い悩みながら眠りに陥ったその夜だった。

目覚めた私はその夢を反芻してみた。確か、イコニは探していたスクラップに、私が別の雑誌に掲載した記事が貼り付けてある、と言っていた。ばかばかしい、と思いながらも、その場所を探してみた。

手応えがあり、引き寄せると何と「昭和のボクサー」と表紙に記された、あのスクラップだった。夢中でページをめくった私はさらに驚かされた。本当にイコニの掲載記事があったのだ。それはまさしく、私自身が書いた文章だった。

その記事を抜粋すると――

豊富なアマ経験を持つイコニはプロ制度がない母国ケニアからさらなる可能性を求め、日本アフリカ文化交流協会を通じてヨネクラジム入り……CTスキャンによる検査で異常が認められ、引退を余儀なくされてから同ジムのコーチに就任。そんなイコニに運命の女神は粋な計らいをした。失意の彼が同文化交流協会主催のカルチャー講座に出席した折り、現夫人の西山敬子さんと知り合ったのだ。敬子さんはスワヒリ語にも堪能な女性。二人の心はたちまち通じ合い、八六年二月に結婚。このほど、子供が出来たことが分かりイコニは帰国を決意した……。

何だ、私が知りたかったことが記されているではないか。私は自分の記事を参考にして無事に『ボクシング・マガジン』の原稿を書き終えた。

　それにしても、あの夢は何だったのか。勿論イコニが、私が紛失したと思い込んでいたスクラップの在り処を知るはずもなく、知っていたのは私本人だ。

　人間の中に無意識の領域があることを発見したのは、いうまでもなくフロイトである。人間は自分にとって都合の悪い事態が生じた時、万人等しく、自我防衛機制を行う。そうしたことを意識の俎上から無意識の領域に追いやってしまうわけだ。

　すると、そのスクラップの中に、私自身、触れたくない何かがあったのか。その何かを私は無意識の彼方に押し込んでしまったのだから、私自身に分かるはずもない。

　それから二〇余年——もうあのスクラップを自分の前に差し出してもいいだろう。そう判断したのは、私であって私ではない無意識という名の心の深淵だ。たまたま困惑していた私に、そのスクラップの在り処をイコニを通じて指し示したのも、覚醒している時の自分には謎以外の何物でもない心の深淵だ。

　その深淵を探りたくなってスクラップをさらにめくっていった時、私が出会ったのは、葬り去りたいと切に感じていた、あるボクサーとの交流を私自身が綴った覚書だった。その覚書が、その中に隠されていたのである。

## 2

私が大学時代の一年後輩だった郁子の死を知ったのは、イコニの記事を最初に書いた二年ほど前のことだった。

その死を知らせてきたのは、私と郁子の間柄を知っていた大学時代の友人である。スクラップブックには「郁子死す」と乱暴に書かれた傍らに「篠田亮の死から一八年」という添え書きがあった。

そんなことを記したノートを、何故か私はスクラップブック代わりに使っていたのである。掲載された原稿の切り抜きを貼り付ける度に、その覚書は私の意識の俎上に上がってきたに違いない。

忘れたい記憶を反芻することに耐えがたくなった私は、そのノートを葬り去りたくなった。そして、いつか所在が分からなくなった。

大袈裟な言い方をすれば、そうやって耐え難い過去から自分を守ったのだ。ともかく、私は篠田亮と郁子のことを、記憶の底から掘り出す作業にかかることにした。

篠田は、今は閉鎖されたTジムで多くの期待を担ったプロボクサーだった。

私が、子供の頃から憧れていた、プロボクサーを志してそのジムに入門したのは一九六七年の五月である。

練習が終わり、初めて巻いたバンデージを感慨深げに解いていた私に、いきなり「歓迎会をしよう」と言って酒席に誘ったのが篠田亮だった。最寄りの駅近くの居酒屋で改めて自己紹介をした私に彼が言った。

「文学部の大学生である君が、今読んでいる本を教えてくれませんか」

浪人生活を送った末に大学に入学したばかりの私が読んだ本、といっても僅かな量だったが、多分に気負っていた私はドストエフスキーとヘッセの本の名を挙げた。

するとと篠田が唐突に言った。

「(ヘッセの)『デミアン』は僕の愛読書なんです。でね、僕にも、あのデミアンと同じ印がある んですよ」

「印ですか？」

私が言葉を挟むと、篠田は嬉しそうに続けた。

「そう、カインの印でもあるあの印ですよ」

カインは旧約聖書の創世記によれば、アダムとエバが成した初めての子で、やがて生まれた弟のアベルが両親の寵愛を受けると、激しく嫉妬。その果てに人類初の殺人者となり、エデンの園を追われた男である。そのカインには印がつけられていた。追放されたカインを見つけた者が、彼を打ち殺さないように、神がつけた印だった。アベルが両親に従順な心優しい男なら、カインは鋭い知性と、反骨の精神と、苛烈な情念を宿した男だった。そのカインを、ヘッセの中期の代表作『デミアン』の主人公は深く信奉した。そしてデミアンも、また印を持った人間だった……。

それにしても、どうして篠田が、いきなりそんなことを言い出したのか。デミアンの印は、デミアンと同じ種類の人間にしか見えない額の刻印である。篠田は「自分こそ選ばれた者」と言いたかったのか。それを尋ねようとした私を彼が遮った。

「いずれ、君にも僕の印がどんなものか、分かる時がきますよ」

初対面にもかかわらず、饒舌だった篠田は、さらに謎をかけてきた。

「(ドストエフスキー作『罪と罰』の主人公の)ラスコーリニコフが、物語の始めに、世間から嫌われていた金貸しの老婆を殺害するでしょう?あの時の凶器の斧だけど、どうやって使ったか覚えていますか」

応えに窮していると篠田が「宿題にしようか?」と私の顔を覗き込むのだ。

「確か、斧の峰を老婆の頭に振り下ろして、殺したのだと思います」と応えると、

「その通り。では何故、峰だったのか?」とさらに畳み掛けてくる。

「その方が確実に脳天を割れると思ったからでしょう」

「ちっとも分かってないな」

私の言葉を一笑に伏した篠田が続けた。

「峰の方を使って打ち下ろせば、刃は自分に向けられる。その刃で、彼は自分自身の精神

を切り裂いたのだ。それまでの、ロシア正教の臭いが残っている凡庸な自分、その自分を断ち切ったんだ。そうしてラスコーリニコフは自分の罪の敷居を跳び越した。それは彼が凡人から非凡人に、つまり超人になるために必要な儀式だった。その意味で彼は刃を自分に向けなければならなかった。分かるか、君に」

『罪と罰』に関する幾つかの評論を読んだ私が、篠田の解釈がある評論家の受け売りであることを知ったのはずっと後のことである。

だから、その時、私が抱いたのは、この一つ年上のボクサーに対する嫌悪だった。「僕は高校もろくに出ていない男だから」と言いながら、自分の深読みとインテリジェンスをひけらかす篠田――何が、印だ、何が斧の刃だ。皮肉なことに、その篠田は私が子供の時から憧れていたプロのボクサーであり、高橋ジムの会長の期待を一心に担う男なのである。

しかし、翌朝、目覚めた私が覚えたのは嫌悪感よりもむしろ畏敬の念だった。

やがて、私は自分と一緒にいる篠田が誰よりも誇らしい存在に思えてきた。つまり私は篠田の虜になったのである。

篠田の一〇戦目の試合は、六七年の一〇月に行われた。それが初の一〇回戦だった彼は、二回に痛烈な左フック一発で、ＫＯ勝ちを記録している。翌日のあるスポーツ紙は、彼のことをこう報じた――この日のＫＯ勝ちで篠田亮の戦績は九勝（八ＫＯ）一敗に。新人王こそ縁がなかったが、その強打と巧みなコンビネーションはかつての天才世界チャンピオン海老原博幸を彷彿させた。

翌年の春、私は大学のボクシング愛好者数人と「ボクシング同好会」を創設した。高橋ジムには半年ほど通っただけだった。練習をさぼり篠田と飲み歩いてばかりいた私は、高橋会長の逆鱗に触れ除名されていたのである。

同好会を積極的に援助してくれた人の中に、二〇〇二年の夏に急逝した石丸哲三さんがいた。石丸さんはハワイでプロになり、引退後は石丸ジムの主催者として名指導者ぶりを発揮するのだが、その頃私は在籍していた大学の五年生で、暇を持て余していたのである。

私が、しばらく試合から遠ざかっていた篠田を石丸さんに引き合わせたのは夏休みに入る前だった。プロでの戦績に興味を抱いた彼はすかさずスパーを申し込んだ。石丸さんは東京五輪の代表にこそなれなかったが、アマとして大きな実績を残した選手である。

二ラウンドのスパーを終えた石丸さんは私に囁いた。

「強いね。大袈裟ではなく世界王座も取れる素質があるんじゃないかな」

「そうでしょう」と頷く私に彼が言葉を継いだ。

「でもあいつ、左の目、相当悪いよ。ほとんど、見えてないな」

「まさか」と訝る私に、

「間違いないよ。左目の反応を見れば分かるさ」

断定的に言った。

そしてその日を境に、私と篠田と、郁子を巻き込んだ悪夢のような日々が始まるのである。

# 3

一九六八年の初夏にスパーをした際、篠田の左目がほとんど見えていない、と見抜いたのは石丸さんだった。私は思い切って篠田にその言葉を伝えた。すると、篠田は笑いながら言った。

「高橋会長も、とっくに知っているよ」

「それで、高橋会長は何と言っているんですか？」

「お前のパンチ力があれば当分、勝ち続けられる。笹崎僙《たけし》さんを見てみろ。戦争で一方の目の視力を失ってからも、ピストン堀口に何度も勝っているんだ――そう言った後、俺の見えない左目を覗き込んで――後、三試合やったら、日本タイトルに挑戦させてやる――と言いやがった」

「それで？」

「その一試合目が去年の秋の試合さ」

私は驚いた。私が彼と知り合った頃、既に、篠田の左目が失明状態に近かったこともさることながら、それを承知で試合を組んだ高橋会長の神経に驚かされたのだ。

けれども篠田は、その試合を最後にリングに上がろうとはしなかった。その理由を私が知ったのは、それから二年以上も後のことになるのであるが……。

ジムからも足が遠のいていた篠田が、どうやって生活していたのか。いや、大体、彼はどこに住んでいたのか。

私は知り合った時から、篠田という人間について、ほとんど知らされていなかった。

彼から私の住まいに電話があると、嬉々として指定された酒場へと急いだ。それは新宿だったり浅草だったり、その都度、違っていたが私にとって重要なのは、篠田と酒席を共にすることだった。

こういう生活が一年も続いた頃、つまり篠田と石丸さんが出会った年、私の生活にも変化が起きていた。大学の授業で知り合った郁子と、西武新宿線の新井薬師前駅近くのアパートで共同生活を始めだしたのである。風呂は無論のこと、部屋にはトイレもない4畳半で、家賃は六千円だった。

その住居の最初の客が石丸さんだった。

「ボクシングを捨てたお前なら飲んでもいいだろう」と言いながら開けた風呂敷包みから出てきたのはウイスキーの角瓶とスルメだった。酒を嗜まない石丸さんの厚意に、その夜、私と郁子はしたたか酔いしれたのである。

「あなたがいつも話していた篠田さんだけど、最近会ってないの？」

郁子がそう切り出したのは、二人が共同生活を始めて一カ月が過ぎた頃だった。

私は篠田について、どれだけ郁子に語り聞かせていたことだろう。しかし、篠田を彼女に引き合わせてはいなかった。

そうすることが出来ない事情があった。恐らく、郁子が私に惹かれたのは、同世代の学生達が思いもつかない、深い思慮や洞察だったに違いない。そして、そのほとんどの出所が、篠田の内部にあった。

私は篠田の思想や感じ方をオウム返しに郁子に語っていただけだった。何のオリジナリティーもない平凡極まる自分を、篠田に引き合わせることで、郁子に知られることを恐れたのだ。

が、私のそんな恐れは、篠田の突然の訪問でさらに複雑なものになっていく。

まだ暑さも厳しい八月のある日、それも私達が眠りかけた深夜、アパートのドアをノックする者があった。

「ねえ」

私を揺り動かしながら郁子が囁いた。

「ひょっとしたら、篠田さんじゃないの？」

郁子がそういい終わると同時に「起きているか」という聞きなれた声が、静まり返った木造の廊下に響き渡った。

私は慄然とした。しかし、そんな私を無視するように、

「ちょっと、待って下さい」

郁子が意外なほど明るい声で応じていた。

# 4

当時の大学生の多くが革命の夢を見ていた。「左翼でなければ、人間にあらず」そんな空気が学内に流れ、毎日、都内のどこかで大学改革を訴える無届けデモと機動隊がぶつかり合っては怪我人の山を築いていた。日本の学生にとって一九六〇年が日米安全保障条約阻止の闘争なら、七〇年にかけての闘争は安保阻止の名を借りた左翼闘争だった。加えて泥沼化の一途を辿り始めたベトナム戦争が世界中に反戦の機運を高め、その反戦運動を通じて醸し出すエネルギーが彼らに世界革命の幻想を抱かせていた。

「俺にとって、マルクス・レーニン主義の信奉者はあくまで敵だ。マルクスが意識的に行ったのは、人間が一〇人いれば一〇通りの歴史がある、という事実の排除だ。人種差別も貧富の差も、或いは凶悪な犯罪も、資本家と労働者の階級格差を解消することでなくすことができる、と信じたのがマルクスだった。人間の不幸の全て、その唯一の原因が、マルクスにとっては階級的格差に立脚していた。共産主義の最終理念である富の完全分配を実現することで、資本主義の矛盾の産物である悪は消滅する。簡単に言えば、それがマルクスの思想にして哲学なんだ」――篠田から、何度、マルクスに対する反感感情を聞いただろうか。当然ながら私は篠田の考え方に共鳴した。

だが、三人居れば、暑さで蒸しかえる四畳半の部屋で語った篠田の言葉に私は自分の耳を疑った。

「とりあえず、俺は今の日本を壊したい。そこから何が生じるのか。それは分からない。しかし、破壊からしか何かは生まれない。俺はそのために闘うことにした」

篠田の野太い声が、明かりを消した部屋の私と郁子を襲った。篠田が、この部屋を最初に訪れてきてから、一カ月ほど経った日のことだった。

「篠田さんの印は……」

私は初めて彼と酒を酌み交わした際に「自分にはデミアンと同じ印がある」と語った、その印を口にした。

「その印が何なのか、僕には分からないけど、篠田さんをアナーキズムに駆り立てたのが、その印なんですか？」

「多分」

そう応えると、夏の最中でも放さなかった黒いコートを羽織って横になっていた篠田は、静かな寝息を立て始めたのだった。

その1週間後だった。私達のアパートを訪ねてきた篠田が、私に言った。

「今日から俺もここに住む」


しかし、篠田は翌朝出ていったきり何日経っても姿を見せなかった。それでも私は不安に怯えた。その不安は何だったのか。自分という人間が、篠田と比べてどれほど劣っているか。ボクシングは論を待たず、知性も行動力も胆力も篠田に明らかに劣っている自分を、郁子に見破られることへの不安なのか。或いは「日本を壊す」と突然、宣言したことへの不気味さなのか。それとも……。

篠田が私達の前に姿を現してから、郁子が、いつかは激しく篠田に惹かれていくに違いない、という確信に近い感情を抱くようになっていた。自分で認めたくなくても、それが私の最大の不安だった。

「篠田さん、来ないね」

郁子が唐突に言い出したのは一〇月も半ばになった頃だった。

反射的に私は言った。

「そんなに来て欲しいのか？」

次の瞬間、私は予期していた郁子の眼差しに出会った。それは、明らかに私を蔑んだ眼差しだった。

少なくとも篠田が我々の前に現れるまで、二人の間には優しい気持ちの交流があった。その感情は篠田の出現と共に、潮が引くように萎えていった。いや、そう感じたのは私だけだったのかも知れない。

押し黙っている郁子をよそに部屋を出た。私の行く先は駅前の雀荘だった。

# 5

郁子が渋谷のレストランのウエイトレスをして得られる一カ月の収入は二万円少々だった。当時、私達が住んでいるようなアパートを借りて、人間一人が何とか暮らせる金額は三万円ほどだった。

私が共同生活を提案したのを潮に、郁子は大学に休学届けを出していたが、私は秋の学期が始まると、ほぼ一日置に授業に出ていた。

授業に出ない日は東京都の衛生局から委託された業者の元で「糞尿さらい」の仕事をしていた。まだ都内に下水が完備されていない時代である。バキュームカーに三人で乗り込み、主に商店街の浄化槽の「汲み取り」を行うのだ。

一〇〇人槽、二〇〇人槽、といった浄化槽の鉄の蓋を開け、まずアルバイトの私が下りて行く。一カ月も放って置かれ、干からびてカチカチになっている糞尿にバキュームのホースでたっぷりと水道の水を注ぎ、長い木の棒で根気よく掻き回し、柔らかくなると、バキュームで一気に汲み上げる。

その仕事が一日、二千三百円で週三日働いても三万円弱になる。郁子のバイト代と合わせると、二人で暮らすには十分な金額になったが、私にはもう一つの稼ぎ場があった。それが雀荘だった。

初めのカモは大学のクラスメイトだった。高校時代に手を染めていた麻雀を、そのクラスメイト達に教えまくり、その彼らと卓を囲むのだからまず負けない。やがて彼らに敬遠され出した私が辿り着いた先が、下手の横好きの商店主達が集まる駅前の雀荘だった。フリー客用の一般的レートは千点五十円で、5百円、3百円のウマがつく。

私は郁子が遅番の時には必ず駆けつけた。当初は私の雀荘通いに苦情を言っていた郁子だったが、収支決算が月、一、二万円のプラスとなると、自分が遅番の日に限る条件で認めてくれていたのだ。

けれども、やがてその雀荘は私の逃げ場所になっていった。篠田が「ここに住む」と宣言してからは毎日のように南風荘という店に通った。

帰りは郁子よりも遅くなった。それでも彼女は私のために夕食を作っておく。夕食は小さな卓袱台の上に置かれていた。

そんな私をまるでじらすように、篠田はやってこなかった。しかし、私の中には、ある疑念が芽生え始めていた。篠田が、郁子とどこかで会っているのではないか、という疑いだ。勿論、根拠があるわけではない。にもかかわらず、私は激しい嫉妬に苦しんだ。同時に、その自分に不思議な快感も覚えていた。まるで、キリキリと痛む虫歯に覚えるような快感を……。

## 6

六八年一〇月二一日。その夜、新宿の街の各所で火の手が上がった。その日は米軍のタンクローリー車が、ベトナムへ飛び立つ軍用機の燃料を横田基地から運ぶために新宿を通過する、という情報が流れていた。夕暮れと共に、新宿駅地下の西口広場に中核(革命的マルクス主義者学生同盟中核派)や革マル(同革マル派)らのセクトや、ベトナム反戦を訴える学生が集まりだし、その総数が三千人を超えた頃から彼らは、一斉に地下から新宿の街中へとデモ隊を組んで繰り出していった。すると新宿通りと靖国通りの交通を遮断して待ち構えていた機動隊が、間髪を入れずにデモ隊を潰しにかかった。

ヘルメットと角材で武装したデモ隊の隊列が次第に崩れ、機動隊の警棒で殴打された学生達の額から鮮血が噴出し、通りは瞬く間に血の海となった。警察サイドにとって誤算だったのは、この光景を遠巻きに見ていたはずの野次馬の多くが学生側に見方し、デモ隊の列に加わったことである。さらに機動隊とデモ隊を群集が取り囲み、いつもはネオンに彩られた華やかな街は、殺伐とした無法な街へと化していった。

やがて、新宿駅構内に侵入した活動家が山手線の車両に火を放った。それをきっかけに通りに止まっていた車にも火炎瓶が投げられ、剥がされた商店の看板が火勢をさらに強めていった。多数の怪我人を救助するための救急車がけたたましいサイレンを鳴らして現場に近づいてくる。しかし、群集が邪魔になってスムーズに怪我人を救出出来ない。

その日の新宿はまるで戦場だった。やがて機動隊が所持する催涙弾の入ったガス銃から、何百発も発射され、それを機に群集が散り始め、公務執行妨害罪と凶器準備集合罪による約千人の逮捕者を出した「新宿騒乱事件」は翌日の早朝、終結したのである。

私はこの光景を雀荘のテレビで観ていた。常連達のほとんどが「こうしちゃいられない」と夜が更ける前に新宿へと出かけていったが、私は客が少なくなって卓が囲めない南風荘で、ただ無気力に酒を飲んでいた。だから、その顛末はテレビと翌日の夕刊を見て知っただけである。

深夜に帰宅したアパートの部屋は寒々としていた。そこに郁子の姿はなかった。卓袱台の上に夕食は置かれていなかった。

「来る時が来たか」私は無力感と共に、そう思った。ただ、郁子のバッグも衣類もそのままなのだ。

息を吸い込むと、郁子の香りを感じた。郁子はまた戻ってくる。そう感じた私の両の目から、涙が流れていた。

私は郁子を愛していた。いや、それは愛着といった方が適切だったのかも知れない。しかし、郁子が私を愛していないことは分かっていた。二人の間の溝を作ったのは私自身だったから。

休学してまで、二人の生活を支えようとした郁子に対し、私は郁子が仕事を終えて帰宅する時間になっても、雀荘で卓を囲んでいた。

そして二人の間に篠田という男がいた。

「二人の生活を壊したのは篠田だ」

そう叫んでみた。

しかし、生活を壊したのは私の身勝手な妄想にほかならなかった。


「新宿騒乱事件」から一週間が経った一〇月二八日。その日は国際反戦デーで、学内では各セクトが個々にジグザグデモを繰り返していた。その光景をぼんやり見ていた私は背に強い視線を感じた。咄嗟に振り返った私の眼に飛び込んできたのは郁子の姿だった。

「やあ」と声を出した私に、郁子が小さく「うん」と応えた。

「この前、デモに参加したの」

私の胸の中の疑問に応えるように郁子が言った。

私と出会った頃の彼女は「中核の活動家」を自称していた。といっても大学に入って間もない彼女が重要ポストにあるはずもなく、だからこそ「反革命」そのものであるような私との時間を愉しむことが出来たのだ。

やがて郁子は組織に背を向けるようになった。私との共同生活は、彼女にとって自分の身を守るための手段でもあった。もし、郁子が組織についての多くの情報を掴んでいれば、大袈裟ではなく、彼女の身が危険に晒される可能性もあったからだ。けれども、組織は何の行動も起こさなかった。つまり郁子は、中核の上層部にとって取るに足らない存在だったのだ。

「あなたは、知らなかったでしょうけど、レストランは一週間以上前に辞めたの。あの二一日の昼は仲間に会って……そのまま新宿へ行ったのよ」

彼女は続けた。

「仲間が何人も官憲の手に渡った。それを知って、私の居場所は、もうあのアパートにないことをはっきり感じたのよ」

「それで？」

間の抜けた質問をした私に郁子が何の抑揚もない口調で付け加えた。

「後で荷物を取りにいく」

「これからどうするんだ」

そう尋ねた時、郁子の彼方から、ゆっくりこちらに近づいて来る男の姿が目に留まった。

篠田だった。

## 7

先日、あるマスコミ主催の酒席に出席した際、隣に座った詩人がこう切り出した。

「この前、新聞社から、何故、人は人を殺してはいけないのか。意見を伺いたい、という電話があってね。僕はその新聞社に腹が立った。そんなことを聞く神経が分からなかった」

私が返答に窮していると「ふざけていますね。人間に殺す権利があれば、自分も殺されても致し方ないことになる。全くバカな質問だ！」と憤りを露わにした右隣りの男が引き取ったので、私は黙っていた。

詩人はその男に同調するように言った。

「人には、人を殺す権利なんてあるはずがないのだ」

それはある若者が「一度、人を殺してみたかった」という理由で殺人を犯した事件があった直後で「コンクリート詰め殺人事件」等の事件にテレビを通じて意見を述べていた詩人に、新聞社は質問をしてきたのだろう。

しかし正義の名において、或いは思想の名の元に大量殺人を犯してきたのが人間の歴史である。それは旧ソ連等の共産主義国家のみならず、キリスト教のような宗教の下でも同様だった。

何故、人間には人間を殺す権利がないのか。そのことを論じる前に、我々が自問しなければならない問題がある。何故、人間は人間を殺すのか。何故、カインはアベルを殺したのか。殺人とは、自分という存在を、つまり自分を守るための切羽詰まった極めて人間的な行為ではないのか。無論、法的に正当化されるはずはない。けれども、それは何故、人は人を殺すのか、という問題の答えにはなっていない。

私は「そんなことを聞いてくる新聞社に腹が立つ」と言下に吐き捨てた詩人に大いに不満を抱いた。

私がそのことにこだわったのは、まだ知り合ったばかりの郁子の言葉を思い出したからだった。

「マルクスは水が沸騰点に達すれば蒸気になるように、量的変化が質的変化を促すのは歴史的必然だと論じた。同じように資本主義社会が社会主義を経て、共産主義社会になるのは、歴史的必然なのよ。でも水が沸騰するまでは待てない。その間隙を埋めるのが革命なんだわ」

郁子は覚えたての理論をぼそぼそと語り続けた。

「で、反革命分子を抹殺するのは、革命のための必要悪なのよ」

郁子は通りかかった草叢の中で声を枯らして泣いている捨て犬を見ただけで、涙を流すような女だった。そんな郁子が吹き込まれたばかりの革命理論を盾に「革命のためには、反革命分子を処刑するのはやむを得ないことなの」とためらいがちに主張していた。そんな郁子がいじらしかった。

やがて、私達が共同生活に入ると革命家の郁子は跡形もなく消えた。そして二人はその生活に溺れた。篠田が私達のアパートを訪ねてくるまでは……。

六八年一〇月二一日に起きた「新宿騒乱事件」から一週間経った二八日。大学構内で出会った郁子の頬が明らかにやつれていた。

その背後から近づいてきた篠田が笑いながら私に顔を向けると、郁子がその笑顔に応じるように言った。

「今、あの日のことを話そうとしていたの」

あの日、デモに参加し、機動隊に追われ、必死で逃げていく郁子を目ざとく見つけ、安全な場所に導いたのが篠田だった。

彼が郁子の言葉を引き継いで話し始めた。

「僕らは三光町まで走ると、いつか君を連れて行ったこともある『ボタンヌ』に逃げ込んだ。そこには僕らのほかにも逃げ延びた何人かの男と女がいた。酒場の女将は、篠田さんまで革命家になったの、と笑いながら僕らをもてなしてくれた。その夜、したたかに酔いしれながら新宿の街が静かになるのを待ったのだ」

「朝になった時、言ったの。あたしはもう、あのアパートには帰らない、って」

息もぴたりと合う二人に私が覚えたのは嫉妬を遥かに超えた絶望だった。

「それでアナーキストに転向した男と暮らすことにしたのか」

私の様子を見やりながら篠田が言った。

「僕は既存の物を壊したい、とは言ったがアナーキストになったわけではない。僕が選択したのは壊れていく自分を見つめることだった。そんな僕を一緒に見守りたいと言ってくれたのが郁子さんだった」

篠田が言う「壊れていく自分」とは何なのか。

左目の光を失い(それは恐らく網膜剥離によるものだった)、ボクサーとしての自分を表現出来なくなったことを示唆したのか。

しかし、その時の私は郁子を失った事実に打ちのめされていただけだったのだ。こうして、私は篠田とも決別した。

篠田の死が報じられたのは、その二年後のことだった。一九七〇年一一月の末、篠田は私が通っていた大学近くの神社に備え付けられた能舞台の上で死んでいた。死因は警察の発表によれば、多量の睡眠薬による自殺だった。

そして、私の元に篠田からの遺書が届いたのは、新聞の片隅に載っていた篠田の死亡記事を見つけた翌日だった。

## 8

一九七〇年一一月二五日。その日は、三島由紀夫が、市谷の陸上自衛隊駐屯地で割腹自殺を遂げた日である。

三島が自ら組織した憂国団体「楯の会」の制服に身を纏い、彼を信奉する会員を引き連れ、同基地の東部方面総監の執務室を訪れたのは、その日の正午である。

その直前に、三島は集まって来た自衛隊員を前にして「君達は武士だろう」と呼びかけている。

三島のかねてからの主張は「天皇の国・日本」の真の独立だった。米国追随から解き放たれた、自己決定が出来る国家の実現である。そのために必要とされるのが、自衛隊を国連平和維持軍の一翼を担う、派兵可能な軍隊にすることだった。そして自らの意志で入隊した男達を武士になぞらえたのだ。

が、三々五々、集まってきた自衛隊員の誰もが武士たろうとはしなかった。三島のそんな演説を聞こうともせず、野次ることに専念した。

やがて三島はその野次の怒声の前から姿を消し、以前から親しかった東部方面総監の部屋に立てこもり、名刀関孫六を腹部に当てた。彼の腹が自らの手で切り裂かれた時、情を交わしていたといわれる男の介錯によって首が落とされた。こうして三島は絶命した。

三島の死は日本中を、そして私を震撼させた。何故、三島は文学者として死ななかったのか。いや、むしろそれが文学者・三島由紀夫の、美を全うした死に方だったのか。

無論、私に彼の死が分かるはずもない。しかし、その一日が明けてからも私の憂鬱は深まるばかりだった。

篠田亮の死を新聞紙上で知ったのは、三島の死の五日後である。神社の境内の能舞台を死に場所に選んだ篠田の死は、その死に方ゆえに幾らかの注目を集めた。中には「三島への殉職か？」と憶測する夕刊紙さえあった。

篠田からの遺書が私の元に届いたのは、彼が実際に死去した日の翌日だった。

篠田の遺書はこんな風に書かれていた。


久しぶりだな。いや、君がこの手紙を受け取る時には僕は死んでいるはずだから、それは可笑しいか。それにしても三島由紀夫は無粋な男だ。何も僕が死のうとしていた日の直前に、あんな事件を起こすことはないだろう。誓って言うが、文豪の死と僕の死は何ら関係はない。大体一一月二五日は旧暦では吉田松陰が絶命した日だ（多分、気付いている者は少ないと思うがね）。その日に合わせて自裁した三島の韜晦《とうかい》癖には改めてうんざりする。

それより僕だ。僕は以前、君にこう言ったと思う。僕が望んでいるのは、日本の崩壊に手を貸すことより、自分の崩壊を見つめることなのだ、と。日米安保条約は、僕の予想通り、大した混乱もなく批准され自動延長という皮肉な結果を生んだだけだった。そんな日本に金輪際、革命なんて起きるものか。まあ、そんなことはどうでもいい。僕が言った自分の崩壊、それを説明するには僕の一五歳の夏の日にまで遡らなくてはならない。

自分で言うのもおこがましいが、その頃の僕は自分でも嫌になるほど心根の優しい少年だった。僕には友人も多かったが、僕が最も愛情を傾けたのは兄弟のように一緒に育った雑種犬のゴローだった。

僕はその日も、庭の片隅で一一歳になるゴローと戯れていた。やがて暗雲が立ちこめてきた。その隙間から西日が微かに射し込んでいた。

この自然のコントラストを愉しんでいた僕が、ややあってその空間に垣間見たのは巨大な顔だった。笑みをたたえた眼差し。しかし、その口元は大きく歪んでいた。

その口から声が発せられた。「篠田亮よ」と僕の名が呼ばれた。「自分の欲望に忠実であれ」。それだけ言うと、その巨大な顔は暗雲の中に包み込まれていった。

その瞬間、僕は悟った。あれこそ僕が何年も前から夢の中で見た悪魔そのものだったことを……。

篠田の遺書は四百字詰めの原稿用紙で一二枚にも及んでいた。私はこの不可解な遺書を読むことを一度中断して、篠田が自殺した神社の最寄りの警察署を訪ねた。

警察署の説明によれば、篠田の死は「事件性なし」とされ、すぐに自殺と判断された。既に昨日の深夜に篠田の家族が遺体に接しており、篠田の葬儀は一二月三日に青森県H市の篠田の実家で執り行われる、とのことだった。

私は、篠田から送られてきた遺書については警察には報告せず高田馬場駅まで赴き、H市までの往復切符を購入した。

H市までは特急でも八時間もかかる。翌日、汽車に乗った私は改めてその遺書を読み返した。

# 9

遺書は「自分はその夏の日を境に、悪魔に魂を鷲摑みにされた」と書かれていた。「そうして自分がカインの末裔であることを改めて認識した」と続けていた。

篠田は同時にかねてから希望していた、プロボクサーになることを自分に誓っている。「ボクサーになるために僕に要求されるのは、自分の中にある慈悲の心を殺し、自分の奥底に眠っている残酷な心を引き出すことだった。それが悪魔に心を掴まれた僕がやるべき第一の行為だった」

篠田は「その夜、自分が愛用していたナイフで愛犬の首を裂き、殺した」と淡々とした筆致で書いていた。

「こうして僕は、これまで自分の心の奥底に隠れていた欲望に殉じた。自分の欲望に忠実であれ、と命じた悪魔の言葉は僕の中で成就した。儀式が終わり、同時に僕はエデンの園を追われようとも、こざかしいアベルを抹殺し、自在に生きたカインになったのだ。そして僕の額には印がつけられた」

何故、ボクサーになるために自分の中に眠っていた残酷さを引き出さねばならないのか。そのために何故、愛犬を殺害しなくてはならないのか。その理由が私には全くわからなかった。

ただ、私が見たプロボクサー篠田は相手を滅多打ちにすることを愉しむようなボクサーではなかった。KOした相手のコーナーを訪れ、敗者を労わる男だった。

郁子を失ったのも、その源は私の精神の稚拙さだった。私は郁子の前で知的で鷹揚でタフな男を演じた。それはあくまで私自身が作りだした虚像である。実際の私は傷つきやすくて嫉妬深い小心な人間だった。その私に、ものの見方を教えてくれたのが篠田だった。私は篠田に郁子を奪われたのではなかった。虚勢を張り続けた私が、自分が演じた役割に疲れ果て、勝手に郁子の手を放したのだ。

夕刻、汽車はやっとH市に着いた。私は駅前に宿を取るとタクシーで篠田家を訪ねた。

通夜の席に座りながら郁子を探したが見当たらなかった。翌朝の葬儀にも彼女の姿はなかった。

葬儀が行われた翌日、私は再び篠田家を訪問した。篠田と五つ違いの実兄の啓輔さんから、篠田という人間の実像を聞きたかったからだ。

「弟は兄弟の中でも私と特に親しくてね」

広大な果樹園を経営する篠田家の次男は、そう言って私に笑顔を向けた。

私は自分宛に送られてきた遺書をその兄に渡した。彼が読み終えてから長い時間が経った。

「どういうつもりで、こんなものをあんたに送ったのか、私には見当もつきません」

啓輔さんは大きなため息と共に、言葉を吐き出した。

「私は弟のように頭もよくないし、本も読んでいない。だから分からないところばかりだが、しかし、ここに書かれていることは、事実と違うことばかりだ。崩壊というのは、多分、弟が罹った死に病のことを言っているのでしょうが……」

死に病？私は耳を疑い、大きな声を発した。

「あんた知らんかったのですか？」

私の驚き様に逆にびっくりした啓輔さんが、私の顔をまじまじと覗いた。

そのやり取りを機に、色々尋ねた私が知ったのは、考えてもいなかった篠田の実像であった。

## 10

篠田の兄が語ったことは、私宛に送られてきた遺書とは違うことばかりだった。

「ゴローの首をナイフで切り裂いた……何で、こんな嘘を書かなくてはならなかったのか」

広大な庭に植えられた広葉樹は、既に葉を落していた。

すっかり寂しくなった林を見やりながら啓輔さんがつぶやくように言った。

「ウチの者は皆、ゴローがどうして死んだのか知っているのですよ。ゴローを散歩に連れていくのは弟の役目でした。ここらはほとんど車も通りませんから、いつも鎖もつけずに散歩させていたんです。あの日は弟が目を離した隙にゴローは一目散に道路に向かって走って行って……。そこへ運悪くトラックが疾走してきて撥ねられてしまったのです。トラックの運転手は私も知っている隣町の男で、撥ねたゴローを運んできて事情を話してくれました。すぐに獣医を呼びにやったのですが、翌朝ゴローは息を引き取りました。それが事実なんです」

兄は大きなため息をついて、自分の感情を整えると、再び口を開いた。

「ゴローを寝ずに看病した弟がどれほど悲しんだか。その悲しみは私達の比ではなかったと思います。本当に気持ちの優しい子だったし、誰よりもあの犬を愛していましたからね。だから、自分が殺してしまったような思いに捉われたんでしょう。今、考えると、この遺書にある、犬をナイフで切り殺した、という個所は、その時の自分の心の表現だったのではないか、と私には思われるのです」

それから二時間近く話を聞いた私は、ようやく篠田家を後にした。上野行きの特急に乗り、汽車がH駅を発車すると同時に私が覚えたのは、深い疲労だった。

篠田の死を新聞で知った翌日に彼の遺書が私の元に届いた。日が改まってから篠田の生家へと向かい、それから三日が経っていた。私は、篠田が中空に垣間見たという悪魔のことを思った。

篠田が空の彼方に見た悪魔の顔。それは、まるで死の中に自ら飛び込むようにトラック目がけて疾走していった犬を、茫然と眺める以外になす術もなかった篠田の心の痛みが生んだ幻影だったに違いない。

私は汽車の窓から、東北の空を見上げてみた。しかし、私が見たのは抜けるような青空だった。やがて睡魔に襲われた私は、しばしの間まどろんだ。そして夢を見た。夢の中に篠田がいた。

篠田が笑いながら言った。

「ゴローの死。それこそ、俺の願いだったんだ。お前だって、愛する者の死を願うことがあるはずだ。それは誰でも抱く願望でもあるからだ」

やがて、その篠田の顔が崩れ始め、次に現れたのは郁子の、酷い火傷を負ってただれた顔だった。悪魔の顔だ。思わず私は夢の中で叫んでいた。

そして私は恐怖と共に目覚めた。慌てて、もう一度、窓から空を見上げた。そこには、闇が近づいた巨大な虚空があるだけだった。

私は篠田の兄の言葉を再び思い起こしていた。

「ゴローの死後、弟が変わっていったのは事実でした」と啓輔さんは言った。篠田の変化とは何だったのか。

そう考えた時、篠田の遺書の文句が頭を過ぎった。

「ゴローを殺すことで、僕は自分が本来抱えている根深い罪を自覚した。そうして僕は夢から目覚め、人間になった。以来、僕は神と悪魔の間で漂う存在になった」

この不可解な言葉を反芻した時、私の中に澱のように溜まっていた謎のひとつが解けた。人はこの世に生を受け、やがて命が尽き、朽ち果てていく。が、その死はあくまで知識でしかなかった。二〇歳そこそこの私は死を現実のものとは捉えようとはしなかった。

その私は紛れもなく、夢の中でまどろんでいる存在そのものだった。また、私は都合の悪いことを意識の外に追いやり、自分を正当化することで自らを極めつけの善人と考えるような男だったのではないか。そうして私は欺瞞に満ちた二〇余年を生きてきたのだ。

「時間の本質とは何だ」と篠田が私にかけた謎の答えが、やっと分かった気がした。私が篠田の遺書と自分の人生を振り返って思い当たった答えは悔恨しかなかった。

## 11

篠田の死から五カ月が経ち、私が籍を置いていた大学は文学部内のバリケード封鎖も解除され、新学期が始まっていた。私が郁子と学内でばったり出会ったのは、桜の花もすっかり散った四月の中旬だった。

「少し話さないか」と声を掛けた私に郁子は笑顔で応じた。

「篠田さんの葬儀には来なかったんだね」

私の問いかけには応えずに、郁子がつぶやくように言った。

「篠田さんは、自分はブラックホールだってよく言っていた。それは死滅した星が作った空間で、そこに飲み込まれた物は全て引き千切られてしまうけど、やがて粒子の放射を繰り返すうちに消滅してしまう運命にあるブラックホールなんだって」

そこまで言うと郁子は唐突に、

「知ってたんでしょう。篠田さんが罹った病気?」とややぞんざいに言葉を投げかけてきた。

私は篠田の実兄から、篠田が罹ったのが、治療法のない筋萎縮症だったことを聞いて知った、と彼女に告げた。

「でも篠田さんの自殺の原因が、その病気にあったとは思えないんだ。ボクシングを辞めた理由ではあっても」

「私もそう思うよ」

郁子が地面を見やりながら、小声でうなずいた。

「じゃあ、彼は何故、自分をブラックホールになぞらえたんだろう」

「分かんない。分かんないよ」

驚いたことに、そう言うと郁子はいきなり声を立てて笑いだした。しかし、その声はやがて、激しい泣き声に変わっていった。

郁子との二年半振りの偶然の出会いの中で尋ねたかったことはたくさんあった。

私の元を去っていった郁子は、その後、篠田とどんな生活を送り、いつ別れたのか。

しかし、私は郁子の涙を見て思いとどまった。そして篠田が私宛に書き記した悪魔のことを考えた。

涙を拭き終えた郁子に篠田の遺書のことを語り、その悪魔の意味を尋ねた。

「あたし、あなたの苦しむ顔が見たい、って言ったことがあるでしょう。でも、あのアパートの何カ月間で、あなたが苦しまない人だということが分かったの。そのあなたに、分かるはずがない」

それが郁子の答えだった。

その通りだった。私なら、自分の愛犬が、トラックに轢かれて死んだとしても、仕方のないことだとすぐに割り切っただろう。

けれども篠田が限りない悲しみと共に感じたのは、恐らく、自分が悪魔にゴローの命を引き渡したような、心の痛みだったのだ。そんな繊細極まる感性を、私が理解できるはずがなかった。

郁子の言う通り、私は自らを極めつけの善人と考えるような、苦しむことが出来ない男だったのだ。

「君は大学に戻るの？」

私が言うと、彼女は「多分……」と小さく応えた。その後に長い沈黙が訪れた。

その間、私の胸を突き上げたのは郁子とやりなおしたい、という痛切な気持ちだった。

そして郁子を見つめた。郁子も私を見つめていた。だが、私は何も言葉にすることが出来なかった。

しばらくして立ち上がると、私は「じゃあ」と言った。「じゃあ」と郁子が同じ言葉を返した。焼け付くような後悔の気持ちを抱きながら、私は振り返らずに、その場を立ち去った。

それが郁子と共有した最後の時間だった。郁子は大学には戻らなかった。

それから二〇年近くが過ぎ、郁子の死を人伝に聞いた。

篠田が死に、郁子が死に、ボクサーとしての篠田に深い興味を抱いた石丸さんも、もうこの世にいない。

そして私はといえば、今も相変わらず、自覚のない、まどろむような毎日を生きているのである。

# 祥子《さちこ》

——ある女拳闘家の記録

# 1

今から二〇年ほど前になるだろうか。何かネタはないものか、とAジムを訪ねた時のことだった。ボクシング・ライターとして生計を立てている私に、寒川マネジャーが声を掛けてきた。

「面白い子がいるのだけど、よかったら書いてよ」

聞けば、一八、九の頃から五年間もジムに通い詰めている女性で「プロになりたい」とことある毎に寒川に訴えているのだという。

「そんな女、他のジムに幾らでもいるよ」と私が素っ気無い返事をすると、寒川は「いや、それがさ、この前、四回戦のフライ級とスパーをやらせたら、ものの見事な右のカウンターでダウンさせちゃったんだよ」

「そりゃ、やるね」と応えた私に寒川は「今日もスパーやる予定だから見ていかない?」と言葉を継いだ。

女の練習生と男のプロをスパーさせていいものなのか、と思いながら佇んでいた私は、突然、面長で目鼻立ちの整った美女と目が合った。

それが、寒川が話していた佐川祥子だった。

寒川は「スポーツ紙や専門誌に書いている丸谷さん」と私を紹介し「祥子のこと、どうしても書きたいんだってさ」と勝手なことを言っている。

当時は米国内でこそ、既に女性のプロボクサーが活躍していたが、日本では日本ボクシングコミッション（JBC）もプロを認めていない時代だった。

そして、何もボクシングの領域まで女性が荒らすことはないじゃないか、というのが私の偽らざる気持ちだった。

そんな私が何故、寒川の口車に乗って女性ボクサーを取材しなくてはならないのか。そう感じて憮然としていた矢先に肩を叩かれた。

振り向くと、AジムのOBで、一〇年ほど前に引退した元世界チャンピオンの友田勇二が立っていた。

「体がなまって仕方ないので、週に一、二度来て動いているんです。丸谷さんは誰の取材？」

口ごもっている私に「祥子を書いてくれるんだってさ」と、また寒川が言う。

「じゃあ丁度いい。実は今日、俺がスパーの相手するんです」

友田が祥子を指しながら、言葉を添えた。


こうなったら記事にするしかないか……しかし、私のそんな曖昧な気持ちは祥子と友田のスパーを見ているうちに吹っ飛んだ。

前後左右と自在に踏むステップと鋭いジャブに感心していたのが一ラウンド目。二回――寒川が話題にしていた右が元世界王者の顔面にヒットすると、次の瞬間、友田の左瞼から鮮血が噴き出したのである。

「あら、切れちゃった」

その友田の一言でスパーは即刻、中止された。

「世界チャンプをストップしちゃったね」と声を掛けた私に、祥子が傲然とした面持ちで言った。

「あたしを記事にする値打ちを、認めてくださいました？」

翌週のスポーツ紙に私は祥子のことを書いた。

「俺が彼女に目をカットされたこと、絶対に書かないでね」という友田の強い要望もあり、私が書いたのは、次のようなことだった――

世界3階級制覇を達成した美男ボクサー・アレクシス・アルゲリョの芸術的なボクシングに魅了され、高校を卒業すると、母親の大反対に遭いながらもジムに通い始め、毎朝一五キロのロードワークと一時間のウエイト・トレーニング、週五日のジムワークを自らに課した結果、プロの四回戦を遥かに凌ぐ女性ボクサーが誕生した――そんな内容だった。

記事が掲載されてから数日経ったある日、彼女から電話が入った。表向きは記事にしてくれたことへの返礼だったが、「あの内容では私という人間がほとんど伝わってこない」という不満が随所に込められた電話だった。

四百字詰めの原稿用紙に直せば、三枚にも満たないもので、何でもかんでも載せられるスペースはない。

私は「この女、何を言っていやがる！」という気持ちを抑えながら、そのことを斟酌して欲しい、そう弁明して電話を切った。

ともあれ、それでこの取材は終ったはずだった。

## 2

祥子から再び電話が掛かってきたのは、最初の電話から二週間ほど経った日のことだった。

「どうしました？」私の言葉に祥子は溜めた息を一気に吐き出すように、

「聞いてもらいたいことが、もっとあります。記事にしてくれ、というわけじゃありません。もっと分かってもらいたいことがあるんです」

そう言うと

「丸谷さんの都合のいい日を言ってください」と畳み掛けてきたのである。

面倒くさいな、という気持ちが突き上げてきたが、相手は二四歳の美女である。

「分かりました。明後日の七時ではどうですか」

私は即座に応えていた。思えば、それが大きな失敗だった。新宿の酒場で待ち合わせた私達が、その日、最後に行き着いたところはＪＲ高円寺駅近くの彼女のマンションの一室だった。

タクシーを捕まえ二人して乗り込んだとき、私はしたたかに酩酊していたが、男ならではの期待を持たなかった、といえば嘘になる。が、その期待はすぐに不安に変わった。

車中、彼女は身じろぎもせずにタクシーが進む方向を見据えていたからだ。やがて彼女はある町名を告げ、タクシーは、間もなく止まった。そして私は早足で階段を登る祥子にひきずられるようにして、三階にある一ＤＫの部屋の客となったのである。

部屋に入り、辺りを見回した私の目に飛び込んできたのは、夥しい量のウエイト・トレーニング機器だった。シングルベッドが、その無機的な物質に追いやられるように部屋の隅に置かれている光景に、私の酔いは一挙に醒めていった。

「この部屋であたしはあなたに、ボクサーとしての自分を語らなければならなかったんです」

その芝居がかった台詞にげんなりとした私は酒を要求した。

「置いてないの」

私の要求を断った後、祥子の長く寒々とした話が始まったのだった。

# 3

高円寺駅近くの、祥子の筋トレ機器に囲まれた部屋で彼女が語った話は、何とも痛ましい内容だった。

「Aジムに入門した当初は、あたしはとても満ち足りた数カ月を過ごしていたんです。サンドバッグを叩いたときに流れる汗の爽やかさ。ミット打ちは最初はとてもきつかったけど、あたしにとってそれは夢にまで見た、ボクシングをしている、という充実感に変わっていったんです。でもその頃は、それだけで満足でボクサーになろうなんて考えもしなかった。そのあたしの考えを変えたのが、あの高井との出会いだったんです」

高井は私も取材したことのあるプロだった。

「それで？」と言葉を挟んだ私の目を見据えながら、祥子が続けた。

「高井の練習時間は、あたしとかちあうことが多かったので、彼のスパーもよく見ていたんです。長身から繰り出す左ジャブは、ちょっと変則だったけど、自分のパンチを出した後、おかしいなあと首を傾げる仕草や、担当のトレーナーに、お前は打たれ弱いんだからもっと左のガードを上げろ、と叱責される度にむくれる様子に、あたしが好感を持ったのは確かでした。だから高井から練習中に、終ったら食事しない？、と誘われたとき思わず頷いてしまったんです」

　ミッション系の女子高出身で、それまでボーイフレンドもいなかった、という祥子にとって、それは初めてのデートだった。何度か高井との逢瀬を楽しむうちに、やがて祥子の感情は強い恋情に変わっていった。

「あたしの学校にはシスターもいて、キリスト教史を教えていたシスターには、よく男との恋愛の空しさを吹き込まれました。本当の愛なんて恋愛の中にはない。イエスへの愛以外にない。それが彼女にとって心の底からの言葉だったのか、それとも四〇をとっくに過ぎていても、恐らく恋ひとつしてこなかったシスターの自分の人生への憎しみだったのか。

それは分かりません。でもあたし達は笑っていたわ。あんな風になりたくないって。あたし達はみんな恋に憧れていたし、親しい仲間が集まると、必ず架空の恋の話をしたんです」

そう語る祥子の表情は、まだ極めて穏やかなものだった。

## 4

キリスト教ほど、性を弾圧してきた宗教はないだろう。イエス・キリストが処女のマリアから生まれてきたような話を作り上げたのも、キリスト教だけである。

当然、恋愛などタブーで、それは近代に至るまでのキリスト教の重要な理念のひとつだった。結婚はあくまで子孫を残すための手段に過ぎず、男女の性欲を満たすためのセックスなど、もってのほかであった。

恋愛、そしてボクサーに憧れた祥子は、かくして高井と恋仲になり、自然と肌を接するようになるのだが、シスターを冷笑していた祥子は、それから半年もしないうちにシスターとは別の意味で男女の交わりを嫌悪するようになる。

後にその嫌悪感の激しさを知った私が覚えたのは、彼女のその感情が、祥子が受けたキリスト教教育とは無縁ではあるまい、という感慨だった。


自分の高校時代の話を終えた祥子は、一呼吸置くと、再び口を開いた。

「自分が考えていたほど、あたしはセックスに抵抗はなかったんです」

高井との具体的な交情に触れ始めた祥子から、穏やかな表情は消えていた。

「高井のあたしへの態度が突然変わったのは、あたし達がそういう関係になって三カ月ほどしてからでした。あたしは高井と会っているとき、それなりに幸せでした。それなりに、と言ったのは、高井の中にどこか、ひやりとする冷たさのようなものを感じていたからです。でもそれまであたしは、アルゲリョに憧れていたのが唯一の恋、といったような幼い少女だったし、高井の冷たさもプロのボクサーだからと思っていた。幾らあたしがボクシングを好きでも実際に試合をするわけでもないし、プロのボクサーの心の中も孤独も、想像しても分からない。それはどうしようもないあたしとの間の距離なんだ。そう考えて我慢していたんです」

そこまで言うと、祥子は突然、沈黙した。幾ら経っても再び口を開こうとしない祥子にじれた私は、きつい口調で言った。

「で、どうなったの？」

「すいません」と応えた祥子の声が震えていた。

「すいません」

同じ言葉を繰り返した祥子の目から涙が零れ落ちていた。

「話すのが辛いのなら、もうよそう」

そう言って立ちかけた私に祥子の声が追いかけてきた。

「もっと聞いてください。お願いですから」

## 5

もう二時間が過ぎていた。殺伐とした部屋の中で私の心も冷えていた。その私を祥子の涙が止めた。

「結局、何を言いたいの」

詰問口調になりかけた私に祥子が言った。

「あたし、あるときから犬のように扱われ出したんです」

祥子の話を総合すると、こういうことだった——それまで二人のセックスは、概ね祥子が想像していたような内容だった。けれども二カ月ほどしてから、セックスの中味が露骨に変化した。自分に未練があることを十分に悟っていた高井が要求したのは、それまでとは全く別の体位だった。二人のセックスは接吻もなく、背後から挿入するスタイルだけになった。

「それだけじゃ、ないんです」

祥子が怒りに満ちた形相で言葉を継いだ。

「ある日、あたしが部屋にいると、高井が同僚を連れてきたんです」

その男は祥子がよく見知っているAジムの日本ランカーだった。

男が笑いながら言った。

「高井から聞いたのだけど、もっとセックスを探求したいんだって?俺でいいのなら協力するからね」

「あたしはその言葉を聴いて頭が真っ白になって……でも次に感じたのは怒りよりも激しい屈辱でした。ドアの近くにいた高井を押しのけて部屋を出てから、どこをどう歩いたのか分からない。気がつくと後楽園ホールでした」

ホールに足が向いたのは何故だったのか。疑問に思った私は祥子に聞いた。

ボクサー二人に侮辱され、猛烈な屈辱感を抱いたのに、彼女は何故ボクシングのメッカである後楽園ホールに辿り着いたのか。当時、一九歳だった彼女にとって、ボクシングそのものへの嫌悪感が湧き起こるのが、むしろ自然だからである。

「分からないけど、あたしがあの屈辱を忘れ去るには自分がボクサーになるしかない、そう感じたからだと今は思っています」

「強いねえ」

私は率直な気持ちでそう言った。実際、それから五年近くの歳月が経った今、彼女はまだAジムで汗を流し、スパーで四回戦、ボーイを叩きのめしているのである。そして高井はとっくに引退していた。

既に初夏の夜が白んでいた。

「君の強さの原因が分かった」

帰り支度を始めた私に祥子が言った。

「まだ話は終っていないんです」

「待ってくれよ」

うんざりした気持ちを露にした私に彼女が取ったのは、私が考えてもいない行動だった。それまで着ていた薄いブルーのカーディガンを脱ぎ捨てて、ブラウス一枚になった祥子は私の目を見ながら言ったのだ。

「あたしの体を触ってください」

## 6

その言葉にたじろぐ私を気にも留めず、祥子はブラウスも脱ぎ捨てた。ブラジャーだけを身に纏った祥子の体は、肩から二の腕にかけて浮き立つ血管、小ぶりの乳房を包むブラジャーを押しのけるように腫れ上がった大胸筋、くっきりと幾重にも割れた腹部……私が垣間見たのは鍛え上げられた筋肉の塊だった。その苛烈な塊に私が抱いたのは、凶悪な印象だった。そして嫌悪を覚えた。

「触ってください」

祥子がまた言った。

私は意を決して彼女の二の腕を触った。祥子の口から小さな声が漏れた。その声を無視して肩に触れた。

それから腹へと手を這わせた瞬間、「あ！」という叫び声と共に、私は大きく弾き飛ばされていた。

すかさず「ごめんなさい」祥子が小声で言った。

しかし、その表情は謝罪の言葉とは裏腹に憎悪に満ちていた。私は茫然として彼女を見つめていた。私が触れた祥子の体は単なる物質でしかなかった。

しかし、その物質は思いもよらない反応を示したのである。

冷静になって祥子の体を眺め渡した私は息を飲んだ。祥子の顔も首も腕も、いや祥子の個体の全てが真っ赤な湿疹で覆われていたからである。

その時、彼女が私に自分の体を触れさせた意図を初めて理解した。

「こうなっちゃうの」

押し殺した声で祥子が言った。

「高井のアパートを飛び出してからは、電車の中で男の人の体が触れただけで湿疹が出るようになったんです。それが段々ひどくなって今はこう……」

「それを見せたかったのか」

私は言葉を吐き出すと、部屋を後にした。外へ出ると、すっかり明るくなっていた。

体のどこかが激しく痛んでいた。後頭部を触ると、指先が血に染まった。彼女に突き飛ばされた拍子にぶつけた傷だった。深い疲労の底に屈辱に似た感情があった。

何という一日だったのだろう。そう呟きながら私は、まだ人がまばらな中央線に乗り込んだ。

## 7

その年の夏はうだるような暑い日が続いていた。祥子からの手紙が届いたのは、その夏が終りかけていたころだった。

手紙はこんな内容だった。


この前のこと、怒っていると思います。でも私は、あなたに触られたとき、あんな湿疹が出来るとは思ってもいなかったんです。あなたは高井や、高井が連れてきたあの男のような人間とは違います。私があなたに感じたのは高潔な心でした。だから別のことも期待したのかも知れません。

高井と別れてから私が抱いたのは復讐の心でした。私の心を粉々にした高井への復讐——でもそれだけではなかった。私がいつも感じていたのは、高井が私から去って行く恐怖でした。前もお話ししたけど、何度も遭っているうち、私が高井の中に見たのは、私が空想していた愛とは全く異質の何かでした。それでも高井を失うことが怖かった。

そして、その果てに高井に侮辱された自分が憎かった。その私に私自身で復讐したかった。そうでなければ、これ以上、生きて行けない、と思ったんです。その方法——それが私が男より強くなることだった。だから私は、たくさん走って、仕事が終わると時間が許す限り練習をして、家に帰ると筋トレに励み、そうして強い体を作りました。でも、その毎日に満足していたのはほんの半年でした。その後に感じたのは深い孤独でした。高校時代の友達に会っても、みんなみたいにはしゃぐことも出来ない。そういう自分を作り上げようとしたのは私自身なのに……。それは自分に復讐しようとした私自身が招いた結果でした。

その孤独を癒やすために私は、もっと練習をして自分でも信じられないほど強くなりま

した。でも孤独は深まるだけでした。生きて行くのが苦しいほど。そんなとき、出合ったのがあなたでした（後略）

私がこの手紙を読んで感じたのは憐憫の情だった。同時に突き当ったのは、彼女自身の巧妙な自己欺瞞だった。

祥子は私の中に高潔な心を感じ、それ故に自分を救ってもらえるかも知れない、という期待を持った、と続けている。

しかし、私と出会ったのは二度だけだった。それだけで、どれほど私を理解出来るというのか。

確かに私という取材者に嫌悪の感情は抱かなかったに違いない。とはいえ私は全く未知の人間である。いわば、行きずりの男である。そんな男に何故、自分という人間を知ってもらおうと考えることが出来るのか。その神経が理解出来なかった。

私はしばらくして、祥子に返事の手紙を書いた。その中に私が感じたことを率直に綴った。私を高潔な人間と感じたのは、単なる感傷に過ぎないこと。さらに酷な言い方だが、高井が突如、祥子を道具のように扱い出したのも、その原因は、もしかしたら祥子の中にあるかも知れないこと。祥子の自己中心的な性格に、これまで多くの人間が負担を感じたに違いないこと。等々を書いた後、もう彼女からの連絡はないであろうと思いながら投函したのだった。

が、それから三カ月も経たないうちに、祥子からまた分厚い手紙が来たのである。

## 8

私の元に祥子からの封書が届いたのは一九八九年の一月二二日だった。その日を明確に覚えていたのには理由がある。

その日に、あの歴史に残る名勝負が――即ち、高橋ナオトがマーク堀越に挑んだ試合が待ち受けていたからだ。

私は封書を受けても中味を開けようとはしなかった。もうこれ以上、彼女にかかわりあいたくはない、という気持ち以上に祥子という差出人の名前を見ただけで、私の自尊心が痛んだからだった。

男に触られただけで生じる湿疹を見せるためだけに、私に自分の体を触らせた祥子。私をリトマス試験紙のように扱った祥子の神経が腹立たしかった。

そこまで男に嫌悪を感じるようになった祥子に対する憐憫の情も、そのために私に助けを求めてきた切羽詰まった心も、私は忘れていた。恐らく、そうすることで自分の中の何かを守ろうとしたのだろう。

私の自尊心がいかに浅ましく、小さく、愚かなものであるか、という事実に突き当たったのはそれから随分、後のことだった。


一月二二日。私は、はやる気持ちを抑えながら自宅を後にした。マーク堀越は青森県の三澤基地の米兵で、一九八七年の一月に日本スーパーバンタム級王座を獲得すると、以後六度の防衛戦をいずれもＫＯでクリアした最強の王者だった。

高橋はその一年前、島袋忠に日本バンタム級王座を明け渡した後、スーパーバンタム級に転級。三連勝（二ＫＯ）を記録し、天才復活を印象付けていた。

このカードがどれほど話題を呼んだのか。それは薄暮の時間ながら日本テレビがライブで放映したことでも分かるだろう。

当日売りのチケットは試合の三時間前に完売となり、試合開始の時間が近づく頃には、後楽園ホールはトイレにも行けないほどの混雑でごった返した。

僅かな余地を見つけて座り込んだ記者席の右隣には、ボクシング記者界の大御所の芦沢清一さんが無言のまま陣取り、左の席には元スポーツ報知の運動部長で、当時は高質なノンフィクションを幾つも書き下ろしていた佐瀬稔さんが、二人が登場する前の誰もいないリングを祈るような表情でじっと見据えている。

そして私も、その二人以上に緊張し体を硬くしたまま、数分後に控えたゴングを待っていた。

マークやや優勢で始まったタイトル戦が大きく動いたのは四回だった。ラウンド中盤過ぎに高橋の右がマークのアゴを的確に捕えたのだ。

次の瞬間、マークの体はニュートラルコーナーまで弾き飛ばされ、そして腰から崩れ落ちていった。ダウン！　八カウントで立ち上がったマークをさらに高橋が追い詰め、二分過ぎ、この回二度目のダウンを奪う。が、それから体を接してパンチを防ぐ王者を二一歳の挑戦者は捕えることが出来ない。それでも、後楽園ホールを埋め尽くした殆んどの観客は、高橋の勝利を確信したことだろう。

だが、続く五回に追い打ちをかけられず王者を休ませてしまったことが、このタイトル戦を歴史に残るドラマへと変えていくのである。

六、七回と蘇ったマークの左右フックが再三、挑戦者にヒットすると、その都度、高橋の膝が揺れた。そして八回。マークの痛烈な右が挑戦者のテンプルを捕えると、高橋はそれまで耐えていたダムが一挙に決壊するように前のめりに倒れていった。

島川威主審のカウントが五を数えた頃だった。

冷静沈着をモットーにしている芦沢さんが叫んだ。

「立て、立て！高橋、立て！」

あたかも天空まで届くような悲痛な声が途切れたとき、高橋は立った。が、その下半身は夢遊病者のようによろよろと揺れていた。この高橋に決着を急ぐマークがラッシュする。試合後、この八回のシーンに報道陣の質問が集まったが、高橋から返ってきたのは「僕、ダウンなんてしたんですか?」という言葉だった。つまりそのとき、彼の意識は既に失われていたのである。

マークの猛攻にさらされながら、意識が途切れた状態で繰り出した高橋の左フックは、しかし的確で鋭かった。一転してマークの目が宙を彷徨いだす。

そして九回。自ら窮地を救ったその苛烈な左の後に飛んだ右が、マークのアゴにヒットしたのは回の中盤だった。

次の瞬間、マークの体はリングに叩きつけられていた。それでも立ち上がったマークに高橋が追撃の左右フックを見舞うと、主審がスタンディングのダウンを宣言。そのまま一〇カウントを数えきり、試合は終った。

左隣りから「う、う」というすすり泣きの声が漏れてきた。声の主は佐瀬さんだった。

私も誰かに背を叩かれれば、両の目から涙が溢れ出していたに違いなかった。

# 9

その夜、私達を待っていたのは至福の時間だった。

水道橋駅近くの馴染みの居酒屋は歓喜の声で溢れかえっていた。

「おう、飲んでいるか！」

随分離れたテーブル席から歌人の福島泰樹さんが、当時あまり付き合いのなかった私に声をかけてきた。

「この試合にこうして立ち会えた僥倖を、何に感謝すればいいのか。神か！」

すっかり酩酊した佐瀬さんが声も高らかに詠じている。

やがて原稿を書き上げた芦沢さんが合流すると、また乾杯が始まる……。


こうして、その夜、繰り広げられた酒宴が佳境に入ったころだった。私はふと背中に強い視線を感じて振り向いた。視線は一〇㍍ほど後ろの席からのものだった。

視線の主は祥子だった。

その二人用の席に一人で座っていたのは祥子だけだった。私は再び顔を戻すと、また仲間内の話の交わりに加わった。

やがて、店を変えて飲み直す話がまとまり、私達は立ち上がった。思いきって振り返った私の目に映ったのは、既に空になった二人用の席だった。

「これでいいんだ」自分にそう語りかけながら外に出て、潰れるほど飲み歩いた私から祥子という存在は完全に消えていた。

そして「高橋ナオトが蘇った」という幸福感は、翌日、祥子の手紙を開くまで続いていた。

## 10

高橋ナオトがマーク堀越を大逆転のＫＯに屠り、天才復活を印象付けた夜の至福の瞬間。その時間を愉しんでいた私の背後で祥子は一人静かに座っていた。その祥子の存在が分かったのは、背中に視線を感じた私が振り向いたからだった。目と目が合ったにもかかわらず、私は直ぐに何事もなかったように首を元に戻した。冷ややかな感情が私を支配した。

それにしてもあの祥子の眼差しは何だったのか。

祥子とその居酒屋で出くわしたのが偶然であるはずがなかった。後楽園ホールを後にし皆と連れ立って酒場へと急ぐ私達を、そっとつけてきたのに違いなかった。そして高橋の勝利に沸き返る私達の言動を、背後からつぶさに眺めていたのだろう。

しかし、私が祥子に見た何の感情もない、あの二つの目は何だったのか。

翌朝、高橋の快挙を反芻しようとした瞬間、私を突き上げてきたのは、祥子の眼差しだった。反射的に私の手は、祥子から送られてきた未開封だった手紙を探していた。

祥子の手紙はこんな風に始まっていた。

自己愛って、誰にもあるものだと思います。自分を愛することが出来なければ人間は生きて行くことは出来ませんから。でも、その自己愛って何なのでしょう。

誰にも愛されない自分、そんな自分を人間は愛することが出来るのかしら。人間って、人から愛され、認められ、求められる自分しか愛することは出来ないのじゃないかしら。そうなら人から愛されることを知らない人間が、どうして自分を愛することが出来るのかしら。

私は高橋ナオトさんとマーク堀越さんの試合を、ぜひ観ようと思ってチケットを手に入れました。負けても、負けても、高橋さんって人気があるでしょう。その高橋さんをどうしても見たかったのです。ファンからあんなに愛される高橋さんの試合を、もう一度後楽園ホールで見てみたかったんです。

……もしお時間があったら、丸谷さんとお話がしたい。高橋さんが勝つにしろ負けるにしろ、丸谷さんとお話がしたい。私は近々ロサンゼルスに旅立ちます。そこでボクサーとしての自分を試したいと思ったからです。その前に一度、お会い出来れば幸せだと……。

Aジムのプロだった高井に深い屈辱を味わわされた祥子は、通勤電車の中で男の手が僅かに触れただけで激しい湿疹が出来るような体になっていた。その心の傷は、リトマス試験紙代わりにされた私自身が一番、知っていた。

でも彼女はそれだけの理由で、自分を誰からも愛されない人間、社会から疎外された存在と感じるようになってしまったのか。

私はそこまで考えて、再びきのう出合った祥子の眼差しを思い浮かべた。それは虚ろで、恰も死んだ魚のような目だった。

## 11

それから1週間が過ぎた。私は大学時代の友人の家で一枚の複製画を肴に飲んでいた。それはV・ペローフによって描かれたドストエフスキーの肖像画だった。椅子に座ったドストエフスキーが両手で膝を抱えながら、じっと何かを見つめている絵である。

「エルミタージュ美術館だったか。小林秀雄がこの絵の前で全く動けなくなったという理由が分かる気がするな」私が言った。

その絵画に出合った瞬間、国内随一のドストエフスキーの解釈者は金縛りに遭ったように、身動きが取れなくなってしまったのだった。

「小林秀雄を金縛りにしたドストエフスキーの目は一体、何を捕らえていたのだろう」

強《したた》か酔った私はさらに友人に問いかけた。

「さあ、俺なんかに分かるものか」

友人は深いため息をつくと言った。

「ドストエフスキーがこの世に送った知性。イワン・カラマーゾフ、キリーロフ、スタブローギン……。ドストエフスキーの眼差しは、そんな奴らが陥った深い虚無の、さらに奥の奥にあるものを見ていたはずだ」

しかし、この大学で教鞭を取っている友人は、ややあると私の目を見ながら「いや、きっと何も見ていないんだろうよ」そう言い換えてハハ、と力なく笑った。

それは高校時代からドストエフスキーに魅了されながら四半世紀が過ぎた今、ドストエフスキーに打ちのめされてしまった男の、自分に対する絶望の笑いに違いなかった。

「今日は泊まっていくのだろう?」という友人の問いに頷く私に「じゃあオフクロさんに

電話して置けよ」と声を掛けてきた。

私が母親と二人暮らしで、その母親が大腸がんの手術をしてから余り日が立っていなかったことを知っていた友人の配慮だった。

その言葉に応じた私が掛けた自宅の電話口から、突然「今、困っているのよ」という、緊張した母の声が飛び込んできた。小声で母が続けた。

「祥子さんて方が、さっきからウチに来ていてね……」

母の話を纏めるとこうだった。夕方、祥子が突然、私を訪ねてきた。母が私の不在を告げると「じゃあ、待ってます」と応え、そのまま家に上がり込んだ。しかも、彼女のいでたちが尋常ではなかった。

旅行用のカバンを左手に持ち、右手には長ネギがはみ出た大きな買い物袋を抱えていた。母が祥子に、その買い物袋を尋ねると「丸谷さんもお母様もお肉がお好きと聞いていましたので、すき焼きにしようと思いまして」と笑みを浮かべて言ったという。

「祥子さんが、こっちに見えたから代わるわ」

母から受話器を受け取った祥子は、何の抑揚もなく言った。

「何時ごろお帰りになれるのですか？」

祥子には、自分が突飛な行動をしている感覚は何もないようだった。

「君は一体、僕の家で何をしているんだ」

詰問口調の私に「……」祥子が沈黙で応える。

「とにかく、帰る」

そう言って電話を切った私に友人がからかい口調で言った。

「何か穏やかじゃないようだな」

私はことの次第を友人に話した。友人が笑いながら言った。

「お前は（ドストエフスキーの作品『白痴』の主人公の）ムイシュキン公爵にはなれないものな」

ムイシュキン公爵は、他人の不幸を自分のことのように取り込み、その果てに苦悩するような男だった。そしてこの物語の登場人物達は彼を白痴と呼んだ。

友人の言葉が何を意味していたのか。が、返答をせずに私は友人の家を辞した。

# 12

帰宅した時は一一時をとうに回っていた。ドアを開けると、いきなり困惑し切った母の顔とぶつかった。何も言わずに居間に入ると、すき焼き鍋の用意をし始めた祥子がいた。

「帰ってくれないか」

私の言葉に祥子が振り向いた。

「君が帰らないのなら、僕が出て行く」

しかしその言葉を母が咎めた。

「こんな時間なんだから、泊まっていって貰うしかないでしょう?」

そう言った母の目は明らかに私を非難していた。それから三人の奇妙な食事が始まった。肉は最上級の霜降り牛だった。誰も口を開こうとはしなかった。ただ、私と母によく煮えた肉を生卵を溶いた皿に運んでいる祥子の動きだけが、異様に活発だった。

沈黙に耐えかねた母が口を開いた。

「それであなた達はこれからどうするの？」

「朝、祥子さんは帰るでしょう。それから詳しい話をします」

そう言った後、祥子を見た。私が出会ったのは、あの居酒屋で垣間見たのと同じ表情のない目だった。

その時、やっと私は祥子の精神の異常さに気がついたのである。


翌朝、早く、私は祥子を最寄のＪＲの駅まで車で送っていった。

帰宅した私を母が質問漬けにした。私はことの顛末をおおまかに話した。ただし、あの祥子の体を襲う湿疹のことを除外して。

「つまり祥子さんは男の人からとてもひどい目に遭って、あなたに助けを求めてきた。それを取り合おうとしないばかりか、あなたも彼女を邪険に扱ったのね」

「それは違うよ」

けれども、母は納得しなかった。

「祥子さんは必死にあなたに救いを求めてきたのでしょう？　でなければ、いきなりウチにまで来る訳がないでしょう。あなたが言うように、二人の間に何もなければの話だけど」

私は母との会話をいい加減に打ち切ると外へ出た。

外の冷たい空気を吸いながら思った。あの目が祥子の精神の異常さを物語っていたのだ。そう考えれば、祥子のこれまでの行動が読めてくる。

祥子の心はいつから病んでいたのだろうか。高井との出来事が原因なのか。それとも、それは単なる引き金だったのか。そう考えると私の頭は混乱した。

「あなたと何の関係もない人が何故、よりによって晩御飯の材料まで持って、いきなり訪ねてきたのかしらねえ」

「分かりませんね」

「だって、どう考えてもおかしい話じゃないの」

「それを一番、感じているのは僕ですよ」

こんなやり取りは何日も続いたが、祥子が訪ねてくることは二度となかった。

そして私も母も祥子のことは、記憶から消えていった。

## 14

それから二年の歳月が流れた。

年が改まってから二週間が過ぎていた。その日は寒風が吹き荒れた一日だったが、私は浮き浮きする気分で夕暮れの中を後楽園ホールへと急いでいた。

その日、つまり平成三年の一月一四日は、左拳の手術のために、ブランクを余儀なくされていた、日本ウエルター級王者・吉野弘幸が九カ月ぶりにリングに復帰する日だったからだ。

吉野を初めて取材してから四年半の歳月が経っていた。その間に、彼は日本タイトルを獲得し、さらに七度の防衛戦をいずれもＫＯでクリアしていた。

吉野は熱い心の男だった。昭和六〇年二月二八日。佐々木英信相手のデビュー戦は初回ＫＯ負けだった。九カ月後の第二戦も相手はまた佐々木だった。そして今度は二回にリングに散った。同じ相手に二度続けてＫＯされた一八歳は、しかし、その汚辱にまみれた夜が明けると、すぐさまジムワークを開始するのである。

復帰戦の直前に取材に赴いた私は、ひとしきりデビューの頃の話に花を咲かせた。帰り際に吉野が言った。

「一月一四日を、俺が世界に向かって飛躍する日にする。だから、俺が川端龍博を叩きのめすシーンをきっちり見ておいてよ」


後楽園ホールに着くと、六回戦の試合が始まるところだった。私は記者席に向かわずに薄暗い南側の観客席に空席を見つけて腰を下した。

その直後に背後から「お久振りです」と声が掛かった。聞き覚えのある声だった……祥子の声だった。

彼女はいきなり言葉を継いだ。

「つい最近、日本に帰ってきました。それで吉野さんの試合があることを知って……。私が直ぐに分かりました？」

分かっていたら、よりによってこの席に座るわけがないではないか。

その言葉が突き上げてきた時「私もうすっかりよくなったの」さらに私の耳元で囁くように「もう発疹も全然出なくなったの」と続けた。

「それはよかった」

そう言って振り向いた私が真っ先に見たのは祥子の涙だった。その涙が私の気持ちを緩めた。

そして思わずこう言ってしまったのだ。

「試合が終ったら皆で飲むけど、よかったらいらっしゃい」

吉野は私に宣言した通り、川端を初回ＫＯに切って捨てて復帰戦を飾った。

試合後はボクシング記者界の大御所である芦沢清一さんを囲み、行きつけの居酒屋で終電車までの時間を楽しむのが恒例になっていた。

「吉野の復活に乾杯」

その夜、芦沢さんの音頭で一気に煽った生ビールの味は格別だった。そのビールを、席を同じくした五人が飲み干したとき芦沢さんが私に言った。

「お前も隅に置けないな」

「違うんです」

弁解口調の私を引き取るように祥子が言った。

「私、丸谷さんに振られた女なんです」

その言葉に皆が一様に口元を緩めながら祥子に顔を向けた。

酒が十分に回った頃、芦沢さんが彼女に尋ねた。

「で、祥子さんはなんで丸谷に振られたの」

慌てて芦沢さんの言葉を遮ろうとしている私に祥子が言った。

「この人は私の体が嫌いなんですって」

「おい、勘弁してくれよ！」

顔をくしゃくしゃにする芦沢さんを制するように祥子が言葉を継いだ。

「この人は私が男のように体を鍛えているのが嫌だっていうの」

私はいつか「この人」になり、祥子の口調は今までとは打って変わってぞんざいなものになっていた。

「でも何故、君は男のように体を鍛えたの？」

それまで様子を窺うように沈黙していたスポーツ・ライターが聞いた。

「私、実は女拳闘家なんです」

祥子が昂然とした面持ちでそう応えた。


それから堰を切ったように祥子が自分のことを語り始めたのである。その話を聞いて私は唖然とした。

祥子は高井に陵辱され、それを契機に女性ボクサーになることを決意したはずだった。しかし彼女が語った話は、高井と私を乱暴にすりかえていた。

「私は丸谷さんの家に行って料理も作りました。それをお母様もおいしいと言ってくれて。でもこの人は翌日私を無理やり追い返したんです。その悲しみを忘れるために私はロスへと修行の旅に出たのです」

余りにも幼稚なすり替えだった。

「それは二人の間のことだからな」

すっかり白けた酒席を取り成した芦沢さんの言葉を潮に我々は散会した。

私はそのままでは帰れなかった。外は日中の寒さがさらに厳しくなっていた。

「あら雪だわ」

自分の頬を抑えながら祥子が芝居気たっぷりに言った。

「あんな嘘っぱちを並べた理由を聞かせてくれ」

詰問する私に祥子がゆっくりと言葉を添えた。

「嘘だと思ったら無視すればいいじゃない」

そこで言葉を切った祥子はしばらく間を置くと笑いながら言った。

「さっき私、もう発疹も出なくなったと話したでしょう?何故治ったのか聞きたくない?」

私は沈黙しながらまだ開いている酒場を目指した。その背後から祥子が心もとない歩調で付いてきた。

その様子を見ながら私はまた祥子の罠にはまっていく自分を微かに感じていた。

15

私は酒場を探しながら頭の中で試合後の控室で吉野が口にした言葉を反芻していた。

「まだ倒すなっていう観客の声は勿論聞こえていたよ。でも俺はハラハラの吉野だからね。試合を演出しようなんて考えたら、ホント、何が起きるかわかんないよ」

その夜、川端龍博を初回ＫＯに屠った吉野はそう言って笑った。

五度目の防衛戦で初回に二度ダウンを喫しながら三度のダウンを奪い返し、逆転のＫＯで勝ったこともあった。そのことを彼はハラハラと表現したのだった。

ともあれ吉野は九カ月のブランクを見事に跳ね返して復活した。それは連続一二ＫＯ勝ちのおまけつきの復活でもあった。

「いい試合だった」

私は祥子に言った。

数時間前の吉野を思い返すことは、恐らく祥子の仕掛けた罠にはまりつつある自分を救おうとした、私自身の切羽詰まった策だった。

「とにかく入りましょうよ」

祥子が私の言葉を無視するように言った。

向かい合わせに席に着いた私達に熱燗が運ばれてきた。全国チェーン店でもあるその店は深夜にも拘らず多くの客でごった返していた。

「丁度いいわ。これなら私達の声も周りに聞こえないから」

上目使いで私を見つめる祥子を、隣席の三人の学生風の品定めをする声が聞こえてくる。その声を楽しむような風情で祥子が言った。

「本題に入るわ」

祥子がロスのジムに通うようになって一カ月ほど経った頃、彼女はアンという二〇代後半の女性と親しくなった。

ある日アンはジムのシャワーを一緒に浴びながら、祥子の体をつぶさに眺めていた。

「私はあなたが辿ってきた歴史を知りたいわ」

笑みを称えながらのアンのハスキーな声が魅力的だった。

「あなたの肉体には思想が感じられるから」

そう続けたアンに好意を抱いた祥子は、おおまかに自分の過去を語った。

アンはカリフォルニア州ライト級チャンピオンを自認していた。

「私が借りているアパートには私が大切にしているボクサーが三人いるの。私達は共同生活をしながらボクサーとしての自分を高めあっているのよ」

「興味深いわ」と応えた祥子をアンは当然のようにアパートに誘った。

だが、そのアパートには祥子が想像していたような肉体を鍛える器具は、ほとんど置かれてはいなかった。

「ここはね私達が自分を解放する場でもあるの」

アンの意味ありげな笑みに祥子は、そのアパートでどんな目的で共同生活を営んでいるかを悟った。

祥子が私に言った。

「でも驚かなかった。むしろ私はその運命的な出会いを望んでいたのかも知れない。だから私はアンに進んで尋ねたの。あなた達の日常を詳しく教えてくれって」

「あなたはさっき、男に受けた屈辱を語ってくれたでしょう？　でも私達は屈辱を拒否することで人生を成立させているの。私達が、男が作り上げた男だけに都合のいい社会を拒絶すれば、女性は解放される。そのためにはまず男とのセックスを拒絶しなければならない……」

アンが祥子に語った理屈から発するものはレスビアンである。しかし、喉元までその言葉が出かかった時、祥子が言葉を継いだ。

「あなたは、それは単なる同性愛と言いたいのでしょう？でも違うの。男を締め出してもヴァギナと言う忌まわしい存在を締め出さなくては意味がない。それがアンの主張なの」

私は混乱した。そんな私を楽しむように祥子が言った。

「レスビアン・フェミニズムって聞いたことある？」

首を横に振る私に祥子は待ってましたとばかりアンを含めたレスビアン・フェミニストについて語り始めた。

本来、セックスいうものは女にとって差別的意識を持った男に、快楽を提供するだけの屈辱的な行為に過ぎない。従って女が人間であるための性行為は、出産にも使われない純粋そのものの性器であるクリトリスだけを使用して行われるべきであり、そうすることによって、女性はこの性差別に満ちあふれた男社会から開放されるのだ――掻い摘んでいえば、それが祥子がアンを通じて学んだ主張であり思想だった。

「そういう二年間を送って、やっと私は忌まわしい月日を消すことが出来たんです」

「そうして湿疹も消えたのか」

祥子が黙って頷いた。

寂しい話だった。

「出産も拒否することは女であることも拒否するわけだ。それでもアンや君は快楽を求めることは止めない、というわけだ」

「その考え方が性差別そのものなのよ。私は言ったはずよ。肉体の快楽の前に自分を解放することが重要なの。あなたは分かろうとしないのじゃない。分かることが怖いのでしょう?」

これ以上話し合っても堂々巡りになるだけだった。私は高井から受けた屈辱によって、こうまで自己変革を余儀なくされた祥子のことを改めて考えた。

やがて閉店の時間を告げられた私達は外に出た。店に入る時に降りかけていた雪が、路上に駐車した車を包み込んでいた。

少し待ってから通りかかったタクシーを止めた。

「じゃあ」

別れを告げる私の言葉に祥子は応えなかった。

「早く乗りなさい」とせかす私に祥子が言った。

「私、もうアンに会えないの。本当はアンに追い出されたの」

「……」沈黙している私に祥子が囁いた。

「私、お腹の中に子供がいるんです」

私はそれ以上祥子の言葉に拘りあわなかった。

「どうするの。乗らないのなら行くよ」

タクシー運転手の声に手を振った私に、祥子が追いすがってきた。

「今日だけでも一緒にいて。それが嫌なら……」と祥子が雪夜の中でもはっきり聞こえる声で言った。

「あなたのお母さんに、あなたの子だっていうわ」

私は祥子の頬を黙って打った。祥子は表情ひとつ変えずに私を見上げていた。また打った。右手の甲でさらに打った。

祥子の顔に笑みが浮かんだようだった。その笑みが私の残酷な気持ちに火を点けた。気が付いた時には祥子の唇から鮮血が流れ落ちていた。何度も打たれながら声も上げずに叩かれるままになっていた祥子に覚えたのは、苛烈なほどの美しさだった。

そして私は彼女を狂おしいほど愛しいと思った。その自分の感覚に私は震撼した。

祥子から離れると雪の中をひたすら歩いた。夜が白けてくるまで、ただ歩いた。そして朦朧とした意識の中で、私は初めて自分が落ち込んだ陥穽の深さを知った。

# 16

気がつくと雪が止み、真っ白に覆われた街の底を這うような風が吹き付けていた。やがて夜が白み始めた。私は朝ぼらけの街の中で凍てつくような風を受けながら一時間前のことを思い浮かべ、そして自分自身が取った行為に打ちのめされていた。

女の頬を打ったのは初めてだった。祥子がもし一度でも私の手を払いのけようとしたなら、私は打つのを止めていただろう。けれども彼女は無表情でじっと耐えていた。その祥子に覚えたのは狂おしいほどの愛おしさだった。同時に微かな快感が私の体を走った。また打った。その私にさらに芽生えてきたのは殺意だった。

「殺してやりたい！」

自分の感情が言葉になって突き上げてきた。

私は慄然とした。こうしてやっと彼女を打つのを止めた。その自分自身に私は打ちのめされたのだった。

この私は何者なのか。じっと耐えている女の頬をしたたかに叩き、快感を覚え、殺意まで突き上げてきた自分は一体、何者なのか。

そう考えた時、私の大学時代の友人が二年前に言った言葉がやっと分かった気がした。

祥子との経緯を掻い摘んで話しした私に、ドストエフスキーの研究家が口にしたのは「お前はムイシュキン公爵には決してなれない男だからな」というセリフだった。

彼が言いたかったのは、自分本位で他人の苦しみなど斟酌しようとしない私への糾弾だった。

空想の中で、私は自分に問うた言葉を彼に向けた。

「では俺は一体何者なのだ」

冷やかな笑みを湛えた彼が応えた。

「卑劣漢さ。お前は絶望の出来ない男だ。いや、絶望の意味さえ知るまい。生きることの意味も求めようとせず、徒に時間を過ごしているお前に絶望の意味など分かるはずがない。そのお前こそ卑劣漢ではないか」

そう言うとドストエフスキーの研究家は姿を消した。

あの雪の日から、私は祥子からの連絡を待った。彼女がどこに泊まっているのかも知らなかったからだ。

それから二週間が過ぎた深夜に電話があった。

「こんな時間に申し訳ありません。僕が分かりますか？」

聞き覚えのある声だった。高井だった。高井と認めた私に彼が言った。

「実はお会いしたいのです」

「いつ？」

「出来ればすぐにでも」

高井と私は、彼がタイトルを獲得した直後に取材のために何度か会っていた。

それから四年ほどして、私は高井が祥子を陵辱し、彼女の人格をずたずたにしたことを知った。けれども私は何故か彼に懐かしさを感じていた。

翌日の夜、私はかつて彼を取材したジムの近くの居酒屋で会った。

席に着くとすぐに、高井が唐突に切り出した。

「丸谷さんが祥子に会ったという日の夕刻に、彼女が僕のアパートを訪ねてきたんです」

そんな気が私もしていた。

「顔が腫れていただろう」

「ひどいものでした」

高井は小さく笑いながら続けた。

「で、僕にあなたを処罰してくれと」

「処罰?」

「ええ、自分をこんな目に遭わせたあなたに苦しみを与えてくれって」

「で、俺を殴りにきたのか」

警戒心を露にした私に高井が言った。

「いえ、その夜、祥子は泊まっていったのですが、翌日になるとけろりとして、もういいわ、っていうんです」

「で何故、君は俺と会いたいと思ったの?」

「彼女のことが未だに分からないからです。ただ、何故あなたが彼女を叩いたのか。あなたとはそんなに深い間柄だったのか、と思うと何というか奇妙な気持ちが突き上げてきて……」

「冗談じゃない。祥子を叩いたのは事実だけども、手を握ったことさえない」

呆れながら応えた私に高井が疑いの眼差しを向けた。

「じゃあ祥子のお腹にいるのは、あなたの子じゃあないのですか」

# 17

高井の疑いを込めた言葉に私は唖然とした。

「だって、祥子が帰国してから一カ月も経っていないのだろう?仮りに祥子と関係があったとしてもおかしいじゃないか」

そう応えた私に高井が怪訝な表情で言葉を継いだ。

「いえ、祥子が帰国したのはもう四、五カ月も前になります。僕が彼女と出合ったのが去年の九月でしたから」

私と祥子と高井との関係を思い浮かべ時、突然、難解なパズルが解けた気がした。

私が取材を通じて感じた高井は、こちらが投げかけた問いにもじっくりと内容を咀嚼し、的確な言葉を選んで応える青年だった。私は彼に細やかな神経と温かい人柄を感じていた。

その高井が実は粗暴で思いやりのかけらもない人物だと私に訴えたのは無論、祥子である。

私は高井に、祥子から聞かされていた高井に関することを思い切って話してみた。しばらく間があった後、高井が言った。

「確かに僕の取った態度で祥子が傷ついたことは色々あったと思います。でも丸谷さんが祥子に聞かされた話って事実と相当違っているんです」

彼が語った話はこんな内容だった。

祥子に好意を抱いた高井は恐る恐る食事に誘い、祥子が求めに応じたことから二人の恋は始まった。やがて半同棲のような形となり、さらに祥子は殆どの日を高井のアパートで過ごすようになった。

「僕にとっても本当に満たされた日々でした。彼女に変化があったのは、僕がタイトルを取って間もなくしてからです。最初はチャンピオンになった僕を誇らしく思ってくれていたんですが、初防衛戦が決まり、試合の日まで一カ月を切った頃から様子がおかしくなったんです」

高井はそこまで言った後、息を整えると再び話し始めた。

「僕は相手のビデオを克明に見てボクシングを組み立てるタイプで、そうして元来、臆病な僕はやっと試合に臨むことが出来るんです。ですから試合まで後一カ月なんて時はもう毎日が必死。それが防衛戦ともなればなおさらです。そんな僕に彼女が話しかけてきても、上の空の時はしょっちゅう。そうなると祥子は耳元に口を当て、大声で自分の言いたいことを主張したりする。ジムワークから戻ってきて、軽い食事を済ませて体を休めようとすると今度は纏わりついてくる。布団に入れば体を求めてくる。それでもそんな彼女が愛おしかったんです」

高井は再び一呼吸置いてから、さらに続けた。

「減量に入ってからが大変でした。10キロ以上も落す必要があったから、減量態勢に入ると全く祥子を抱く気にもなれない。口も渇くからキスをせがまれても、うんざりするだけです。ボクシングジムに通ってる祥子のことだからボクサーの精神状態なんて当然、理解してくれるものと思っていた。でも彼女は分かろうとしなかった。試合の一週間前のことです。減量が苦しくてふらふらしながら帰ってきた僕に、祥子が作ったのは三百グラムもあるハンバーグです。これを食べて元気になって、と言うんです。冗談じゃない、と僕が言葉を荒げると、いきなりハンバーグを投げつけてきた。なんでこんなやり取りをしなきゃならないのか。そう思うと腹が立って、つい祥子の頬を叩いてしまったんです」

そこまで話を聞いて私は思わず笑った。

「つまり僕のように叩いたんだ」

私が混ぜっ返すと「いえ、僕は一発だけ。あなたと一緒にしないでください」と高井も笑いながら応じた。

「でも祥子は君に犬のように扱われた、その上、同僚まで呼んで彼女を陵辱しようとした、と言っていた」

私は初めてそのことに触れた。

高井は長いこと目を伏せたまま黙っていたがやがて意を決したように顔を歪めながら応えた。

「それは本当です。結局、僕はタイトルを防衛出来なかったでしょう。その翌日、何か祥子を無性に侮辱してやりたくなって。同僚を呼んで、この女お前が欲しけりゃ、くれてやるよ、と言ったんです。その同僚は少し経って出て行きました。何にもしないでね。何でそんなことをしたのか。負けたのは僕が弱かったからです。でも祥子がやったことは、まるで僕が負けるのを望んでいるような行為ばかりでした。その彼女に僕が抱いたのは密かな殺意でした。彼女を侮辱することで、僕は自分の中に芽生えた殺意を消そうとしたのだと思う。多分」

私も高井もその在り方は違っていても、祥子に殺意を抱いたのである。やりきれない話だった。

「でも僕はこう思うのです。僕にも丸谷さんにも彼女は処罰されたかったんじゃないか、と」

　高井がぽつりと言った。

「処罰？」

「ええ。あなたと祥子とがどれほどの関係だったのか、僕にはよく分からない。ただ、愛されたいと思ったのは事実でしょう。でも彼女が求めている愛って、普通とは違うんです。底なしというか。僕の試合が迫り減量に入って、祥子に今までのように気持ちを割けなくなると、恐らく彼女は見捨てられたような気分になるのだと思う。僕がその彼女に応えてやる余裕がないのは彼女も頭では分かっているんです。でもそんな理性を、見捨てられる、という不安が押しのけてしまう。

　その結果、さらに執拗に僕に愛を求めてくる。だから試合が終わり、僕の気持ちが安定すると祥子は逆に冷酷になる……その繰り返しの末、僕はやっと取ったタイトルを一度も防衛できなかった。それを彼女のせいにするのが卑劣なことであることは承知していますが、どうしてもその思いが僕の中に残って……彼女もまた試合に負けたのは自分のせいだと感じているんです。だから処罰を望むのです。どんな形でも処罰されれば愛が繫ぎとめられる、そう思うからこそ処罰を望むのです」

――それはおぼろげながら感じたことだった。私と祥子と高井を結ぶパズルの答え。それこそ今、高井が語っていたことに集約されていた。確かに彼女は処罰を欲していたのだ。処罰することで私にも高井にも深い負い目が生じてくる。その負い目のために、処罰した男達はもっと祥子を深く愛さなければならなくなる。祥子はそうして多くの男に、いや、自分を愛して欲しい対象に罠を仕掛けてきたのだろう。

「でも君はよく彼女と別れることが出来たね」

ため息混じりに私が吐いた言葉に高井が反応した。

「とんでもない。それから僕と祥子の地獄のような第二ラウンドが始まったんです」

高井はタイトルを失うと現役時代の後援者の勧めでロスへと旅立った。ボクサー時代に鮨職人として腕を磨いていた高井が選択した第二の人生だった。

「実を言うと、ロスへ行けば祥子と決別できるという気持ちもあったんです。それからその店に祥子が現れたのは僕と別れてから一年ほど後のことでした」

こうして高井は祥子との地獄の第二ラウンドを語り始めたのだった。
・・・・・・・

# 18

王座を陥落した高井が選択した第二の人生は、ロスで鮨職人として働くことだった。高井によれば祥子がその店に現れたのは、自分が異国に腰を落ち着けて一年ほど経った時である。

「祥子がいきなりカウンターの中にいる僕の前に案内されてきた時には本当に慌てました。店の中では彼女は客ですから丁寧に応対するしかない。でも、こっちは疑心暗鬼です。緊張もする。一体、祥子が何を話しかけてきて、僕が何を応えたのか覚えてはいません。で、三〇分も経ったときです。彼女がいきなり声を上げて泣き出したんです」

いかにも祥子のやりそうなことだ、と妙な納得をしながら私は高井の話に耳を傾けた。

「すると近くにいた常連の女性客が、にじりよって祥子の背中をさすりながら問いかけだして。二人が何を話していたのか、やっと日常会話が出来る程度の僕の英語力ではよく分かりません。ただ、僕はその時、祥子が実に流暢に喋っているのを見て感心していたんです。彼女が英語を話せるなんて知りませんでしたから。ミッション系の学校に通っていたのだから不思議はないのですけどね。まあ、そんなことをボーッと考えていたら、突然その女性客が僕を指しながら、あなたはこのアメリカで働く資格はない、と糾弾したんです」

米国の白人の中産階級とおぼしき中年女性が、高級志向のある日本料理店で相手を指差して非難の声を上げるのは余程のことである。

「僕はもうパニクッちゃって。そしたらチーフがその客をなだめた後、もう今日は上がれ、と救いの手を差し伸べてくれましてね」

身支度を整え店から出てきた高井は、その自分を待ち伏せしていた祥子の眼差しに出合った。そして先ほどの涙が嘘のように満面に笑みを湛えながら高井に近づいてきた。

「で、彼女はいきなり、こう切り出したんです――あなたの働く姿はとてもセクシーだった。だからちょっと困らせたくなっちゃったの」

高井はそんな言葉を無視して祥子に力なく、白人女に何を話したのかを聞いた。

「カウンターの中にいる男は私を友人に売ったの。でも私はあの人をまだ愛していたから、何とかそいつの元を逃げてこのロスにやってきた。でもあの人は私に冷たくするだけだった。そう言ったのよ。そうしたらいきなりあなたに向かって怒鳴りだしたので、私の方が慌てちゃったわ」

それが祥子の返答だった。

ややあって高井が私に言った。

「その話を聞いた時、僕がまず思ったのは自分はあの店で再び働くことが可能なのか、ということでした。でもタイトルを失った後に祥子に抱いたような殺意は起きなかった。むしろ僕の中に込み上げてきたのは何て可哀想な女なんだ、という感情でした。すると彼女は信じられない反応を示したんです。あたしはとんでもないことをしてしまった、と言った後、あたしは自己中心で駄目な女なんです、目に涙を溜めて、もう死にたい、と。僕はまた祥子の芝居だろうと思いながらもそのまま放っておくことも出来ず、彼女が泊まっているホテルに送っていったんです。もし困ったことがあったら力になるからと、僕の住所を書いた紙を手渡して別れたんです」

それは私が抱いていた高井の人間そのままのエピソードだった。

「その翌日でした」

高井が性急に言葉を継いだ。

「帰宅した直後に病院から電話があったんです。完全には分かりかねたのですが、要するに、あなたの友人が深い傷を負った。だから直ぐに来て欲しい、という内容でした」

直ぐに駆けつけた彼にERの担当医が説明したことは、それが明らかな自傷行為であること。つまり祥子は自殺を企てたのである。

「左の手首はもう少し深ければ致命傷になっていたほどの傷でした」

祥子が自殺を企てた。結果的に未遂に終わりはしたが、手当てが遅ければ死に至るほどの深い外傷だった。

私が認識していた祥子は、決して自殺など出来ないはずの女だった。祥子は、いつも自分だけを哀れみ他人のことなど一切、斟酌しない徹底的に自己中心な性格の人間だった。

防衛戦が近づきナーバスになった高井の心を無理矢理、自分に振り向けさせようとする極めつけの我侭女だった。そうした性向の人間は決して自殺などしないのだ。それが私の認識だった。

「つまりそれは君を自分の方に向かせるための狂言ではなかった、ということ？」

私の問いかけに高井が応えた。

「もし狂言ならもっと自殺を仄めかしてくるはずでしょう」

「でも病院が君に連絡出来たのは何故？ どうして第三者に彼女が自殺を企てたことが分かったの？」

畳み掛ける私に高井が苦笑しながら説明した。

「ドアの下から血が流れ出していたのを見たボーイが、責任者に連絡するかして部屋を開けた。狭い部屋なので彼女の手首から流れていた血を認めるのは簡単です。それで、直ぐ救急車を呼んだ。部屋のテーブルの上には僕の住所と電話番号が書かれた紙が乗っていた。そんなところです」

それでも私には疑問が残った。高井が書いた紙を発見者に分かるように置いたのは、最初から助かることを前提としたからに違いない。

それにホテル側が警察に連絡を取らなかったことも、私は腑に落ちなかった。要するに私には、祥子が本気で自殺をする女とはどうしても思えなかったのだ。しかも私は彼女に残っているはずの手首の傷跡も見ていない。

私は高井の話を聞いているうちに、祥子と高井が二人で私を陥れているのではないか、そんな疑念に捕らわれていった。

高井の話はまだ続いた。彼は結局、その店を解雇された。

「チーフの紹介で別の日本料理店に何とか職を得た僕が第一に考えたのは祥子のことでした。彼女の実家にはすぐ連絡を取ったのですが、母親がやってきたのは祥子の容態がすっかりよくなった頃です。にも拘らず、母親が滞在したのはたったの三日でした。で、僕が手配したホテルに祥子も身を移した時、驚いたことに、この子のことを宜しくお願いします、と僕が彼女の面倒を見るのが当然であるかのようにペコリと頭を下げたんです。病院で祥子が母親に自殺未遂の原因を語ったのか、それも分かりません。今でも僕はその原因を知らないのです。とにかく、祥子は僕の前に姿を見せたかと思うとすぐにあの騒動です。こっちは何が何だか分かりもしない。それなのにやってきた母親は僕に祥子を託すと逃げるように日本に帰ってしまったんです」

しかも高井が立て替えていた一万ドルを超える病院の費用も未払いのまま帰国したの

だという。

ほとんど無一文になった高井が選択したのは祥子と一緒に暮らすことだった。

「一緒になればまた同じことの繰り返しになる。そうは思っても僕は祥子を見捨てることは出来ませんでした。祥子にこれ以上、関わりあいたくない感情をむき出しにしたまま帰国した母親が、僕になおさらそういう気持ちを起こさせたんです」

その祥子を高井がアパートから追い払ったのは半年後のことだった。

## 19

高井の言葉から推測すれば、私が初めて祥子に会ったのは彼女を自分のアパートから追い払った三年ほど後のことになる。さらにそれから二年の歳月が経ち、私と高井は奇しくも祥子を介して再会したわけだ。

二年前、私は祥子の話に一度は深い憐憫を覚えた。だが、やがてそれは忌まわしい感情に変わっていった。

高井の口から出た東京とロスにまたがる祥子との交情も、私のその感情を深めるだけだった。高井の話と私に対する祥子の行為は、彼女を鵺《ぬえ》のような得体の知れない存在に仕立て上げていた。

「祥子が求めていたのは処罰なのではないか」と高井は言った。

確かにそうなのかも知れなかった。試合を間近に控え減量に苦しむ高井の神経を逆撫でにし、たった一度、彼女を取材しただけの私に纏わりつき困惑させた。ある時はすぐに発覚するような幼稚な虚言で辟易させた。その果てに私も高井も彼女を打ち据えた。

祥子が望んでいたのは、まさに我々のそうした行為であり処罰に違いなかった。

「アンという女に会ったんだね」

私は唐突に高井に問うた。

「君が祥子を追い払ったのはアンが原因だったんじゃないのか」

「祥子はアンの話をあなたにもしていたんですね」

驚いた風もなく、高井が応えた。

自殺未遂から四カ月ほど経った時だった。高井が帰宅すると、祥子はアンとワインを飲んでいた。

「綺麗な人でしたよ。でもその頃の僕はただ疲れていて。祥子との生活にも自分にも疲れていたんです。だから彼女を美しいと思った以外に何も感じませんでした。ただそれからアンは頻繁に僕のアパートに来るようになったんです」

「アンは自分のことをボクサーと言っていたの？」

「ええ、だから僕にも色々身を接しながら質問しました。コーナーに詰められた時の回り方とか、右を打つ前のジャブの出し方とか。でもそんなアンが僕には疎ましかった。アンにとっては、僕は小さな国でタイトルを取り、そのタイトルを半年も維持出来なかった男です。にも拘わらず、祥子はそんな僕のことを得意気にアンに吹聴していた。そう思うとやり切れなかったんです」

ある日、仕事で疲労困憊した高井が自室で見たものは、予想もしていなかった光景だった。

「アンと祥子が全裸のままベッドで眠っていました。二人が何をしていたのか。それは僕にも想像がつきましたが、僕はそのままにしておくつもりだったんです。ただ薄明かりの中で僕が二人の裸体に見たのはひどい発疹だったんです。その時、僕はすぐその発疹の原因が分かりました」

高井が思い当たったのはドラッグの常用だった。喘息患者に使われる治療薬に含まれるエフェドリンを抽出して水に溶かし血液に注入すると、交感神経を刺激し著しい催淫効果を発揮する。

それは当時、麻薬の取り締まりが厳しくなったロスで流行っていたドラッグだった。そして常用し続けた後遺症が、興奮した後、上半身に出来る発疹だった。

高井はその二人を即座にアパートから追放したのだった。

その話を聞いて私はようやく、祥子の発疹の原因を知った。それは高井に陵辱された心の傷ではなかった。原因は薬物による後遺症だったのだ。

その高井の話を聞いた私は激しい疲労を覚えていた。しかもその祥子が今、私の子供を孕んだと、言い通しているのである。

高井のアパートを追われた祥子は帰国し、改めてジム通いを始めた。そして私と取材を通じて知り合い、数カ月すると再びロスへと旅立って行った。プロボクサーとなるために。しかし、真の目的はアンと再会するためだったのだ。

「丸谷さんじゃなければ、祥子が身籠った子の相手は誰なんでしょうね」

高井は真面目な表情で呟くように言った。

「そりゃあ、祥子の作り話に決まっているじゃないか」

しかし、高井の返答は私を驚かせた。

「僕のところへ顔を見せたのが五カ月ほど前です。だから、それからすぐ誰かと関係したことになる。相手は僕が知っている誰かかも知れない。そんな気がするんです」

そう断言した高井に私は微かな嫌悪感を抱いた。いつも自信なさげで他人を慮っていた高井の断定的な口調が、これまで私が抱いた高井と明らかに違っていたからだ。

しかし私は高井の言葉をよそに酒席に別れを告げた。


それから一年が経った。祥子を取材した当時はまだ珍しかったプロを目指す女性ボクサーの数はにわかに増え、関西では初のジム対抗戦が行われたことが専門誌で報じられたのもその頃だった。

この一年間、私は祥子のことを、ことある毎に思い起こしていた。果たして祥子は本当に身籠ったのだろうか。仮にそうだとしても、彼女はお腹の子をどうしたのだろう。疑問はまだあった。高井に多くの負担を掛けたまま、さっさと帰国した祥子の母親。自分に執着する一方で、自分を死に至らしめる直前まで痛めつけようとする祥子の自傷行為。そしてアン。

彼女が立っているのはいつも危うい場所だった。彼女を取り巻く環境が、さらに彼女の居場所を危うくしていた。

そうは思っても私は何の行動も取りはしなかった。むしろ私が望んでいたのは彼女との関係を絶つことだった。

私の家に祥子が唐突に訪ねてきた時、私の母は私を詰問するように言った。

「祥子さんはあなたに救いを求めてきたのに、あなたは取り合おうともしなかった」

祥子も私に手紙の中で訴えていた。

「誰にも愛されない自分。そんな自分を人は愛することが出来るのかしら。人から認められ、求められる自分しか人は愛することが出来ないのじゃないかしら。そうなら人から愛されることを知らない人間がどうやって自分を愛することが出来るのかしら……」

そんな祥子を私は取り合おうとしなかった。母の言葉も、事情を知らない老女の感傷にしか思えなかった。そして私の行為は、精神に異常を感じた祥子に対する私が取った最善の自己防衛策だった。

その自分が崩れかかっていた。私はかって友人のドストエフスキーの研究家が言い放った言葉を思い起こした。

「生きる意味を求めようとはせず、自分だけを愛し、徒に時間を費やしているお前こそ卑劣漢ではないか」

それは酒に酔い、祥子の顔を強か叩き、その自分に打ちひしがれた私自身に現れた幻影の中の友人の言葉だった。

何日か経ち春の気配が感じられたある日、私はＡジムに連絡を取り祥子の実家の電話番号を聞いた。

「祥子が入門する際に書いたものだから」という注釈付きの電話番号だっただけに期待もしないでプッシュホンのボタンを押した。

「はい佐川ですが」

電話の向こうから聞こえてきたのは、祥子の母親と思われる中年女性の声だった。

## 20

武蔵野丘陵を見上げる谷の一角の小さな家に祥子の母は住んでいた。谷を渡る風は異様に冷たかった。

「ここはあの子がまだ小学校に上がる前に越してきたんです。その頃はもっと冷たい風が吹いていたんですよ」

母親は風の冷たさを話題にした私を非難するかのようにそう言った。

東武線のＳ駅を降りてから祥子の家にたどり着くまで、私は母親が電話で私に話したことを反芻していた。

「丸谷さん？　ああ、娘のことを記事にしてくれた方ですね」

即座に応じた彼女に祥子のことを尋ねた。

「娘は今、入院しているんです」

その淡々とした口調に私は意を強くして病名を聞いた。

少し間があった後、母親が言った。

「私にもよく分からないんですよ」

その投げやりな言葉を奇異に感じた私と母親の間でしばらくやり取りがあった後、私は病院の名を聞いた。ためらいがちに母親が口にした病院名は、驚いたことに私の自宅から四キロほど離れた場所にある千葉県Ｉ市の病院の精神病棟だった。

「僕が面会することは出来るのですか？」

私の問いかけに彼女から返ってきたのは「病院が許可してくれないと思います」という

表情のない言葉だった。

その母親に私は改めて時間を掛けて祥子のことを聞いてみたかった。母親は困惑することもなく自分の都合のいい日時を告げた。こうして私は祥子の家を訪ねることになったのだった。

祥子はどういう経緯で精神病棟に入ったのか。それは祥子の意思だったのか。それとも病識がないほど祥子の精神は病んでいるのだろうか。

様々な思いが、Ｓ駅を降りて祥子の家を目指す私の脳裏を交錯した。谷を渡る苛烈な風はそんな私の思考を遮るように、吹き続けたのだった。

祥子の家に入って真っ先に目に付いたのは東側の壁に、我々を見下ろすように飾られた五、六〇センチほどの磔になったキリスト像だった。

「神様とイエズス様に見守られて。私は辛うじて生きているのです」

キリスト像を見つめていた私に母親は唐突に言った。

「祥子さんもクリスチャンだそうですね？」

「いえ、あの子は神様に背くことばかりやってきて……」

「例えばボクシングとか」

笑いながら言葉を継いだ私に、彼女は表情を崩さずに「おまけに子供までこしらえて」とこちらに顔を向けた。

「じゃあ本当だったんですか」

私は恐る恐る口を挟んでみた。自分が祥子の父親と思われているのではないか、という疑心を抱きながら。

けれども彼女は、その問いに応えもせずに視線をキリスト像に向けながら言った。

「あの子の行動はみんな私に対するあてつけなんですよ。ボクシングもロサンゼルスに行ったのも、子供を作ったのも」

それから三時間近く、祥子の家にいた。母親はその抑揚のない口調とは裏腹に饒舌だった。中でも繰り返し語ったのは、かつての夫に対する憎しみだった。

母親と祥子の父親とはクリスチャン仲間だった。

「でもあの子の父親と私は、信仰に対する考え方が全く違うことが日に日に明らかになって。キリスト者であることが、私達の人生で最も大切なことなはずなのに、娘の父親が望んだのはむしろ地上的な生活でした」

「地上的とは？」と疑問を投げかける私を蔑むような眼差しで彼女が説明した。

「自分の肉欲にルーズな行き方です。祈りを捧げる時間なのに娘と一緒にテレビに夢中になったり、安息日だというのに教会にも行かずに小説を読み耽ったり。そういった野放図な生活ですよ」

私はその母親の言葉を聞いて沈黙した。

やがて夫はその生活に耐えられなくなり、別の女性に安らぎを見出すようになったという。母親の言葉の行間を埋めればそんなことがあったのだろう。いや、逆に夫に女が出来たことが理由で妻はキリスト者としての人生に生き甲斐を見出そうとしたのかも知れない。

いずれにしろ、そうして祥子の一家は破綻した。

「この家は残されましたが、私に出来ることといえば洋裁だけ。生活は苦しかったけど、娘を神に見守られる学校に入れなければならないと考えたんです。だからあの子の精神が何故、段々崩れていったのか、私にはどうしても理解できないのです」

母親は予め用意された原稿を読むように言葉を並べた。

恐らく、この母親は夫と別れた後も、排除しなくてはならない葛藤を抱え続けたのだろう。その一方で娘にキリスト者としての過酷で厳格な精神生活を押し付け続けたのだろう。私は母親に、祥子が宿した子供のことを聞いた。堕胎はキリスト教では神への背信行為であるからだ。

「去年の夏、流産しました」

素っ気なく母親が言った。

## 21

病院はよく整備された広大な庭を持つ精神病棟だった。その庭で面会を許可されたのは、彼女の母親の元を訪ねてから一カ月ほど経った時だった。

「病院の方で面会を許可してはくれないだろう」という母親の判断とは別に、私と是非会いたい、と言ってきたのは主治医の矢嶋医師だった。

こうして私は祥子の母と連れ立ち病院を訪れたのである。

改めて自己紹介をした私に矢嶋医師は「祥子さんからあなたのことを伺っていました」と笑顔を返してきた。彼はまだ三〇歳代半ばと思われる表情豊かな青年だった。

「祥子さんが何と言っていたのか不安を覚えます」

身構える姿勢で応じた私に医師は屈託なく言った。

「まあ、私に話したあなたのことは、そのまま受け止められるわけではありませんから。むしろ彼女の話を何かのサインと解釈するケースの方が多いのです。だから……」

そこで言葉を切ると医師はおもむろに「時間はございますか？」と私に向き直った。

矢嶋医師は待合室の長椅子に腰を下している母親に「もう少し丸谷さんにお聞きしたいことがありますから」と言い置くと「庭に出ましょう」と私を誘った。

芽を吹き始めた桜の木の下のベンチに座った医師は思いがけない話を始めた。

「私は祥子さんの病状についてお話することは出来ませんが」と前置きしながら語ったのは、祥子の母親の信仰についてのことだった。

「自分の肉欲を律した生き方以外にキリスト者としての道はない」と母親は以前、強い口調で語った。

彼女が指した肉欲とは性的な対象だけではなく、テレビに興じたり、エンターテイメントの小説を読みふけることもその肉欲の対象なのだった。極論すれば、肉欲を律した生き方とは二千年前のイエス・キリストが弟子を連れて教えを垂れながら、みすぼらしい姿で彷徨った生き方である。

キリスト教に疎い私は、母親のそうした言葉に沈黙するしかなかったが、母親は矢嶋医師にも同じ内容を力説していたのである。

「私は長崎の出でしてね。実は代々カトリックを信仰してきた家系なんです。いわば隠れキリシタンの家系です」

医師は小さくそう言うと「でも私の信仰なんて祥子さんのお母様から見ると異端に映るのでしょう」と声に出して笑った。

「物心ついた時から教会は馴染み深い場所で、幼くして洗礼を受けさせられましたが、高校に上がってからの私は学校をサボって映画ばかり観ているような子供でしたから。祥子さんのお母様のように、物質文明に取り込まれない精神生活を確保しようとしている人、というより彼らがより所としている宗派は世界には数多く存在するんです。そういう宗派には近代医療など文字通り異端になる。輸血も自然の摂理に反した悪魔の所業ということになる」

自分の饒舌に気付いた医師は苦笑しながら、結論を急いだ。

「祥子さんが精神の健康を取り戻すには、何よりも周囲の協力が必要なんです」

私は医師の言葉に困惑した。その周囲が明らかに私を指していると思われたからである。

私は医師からの連絡に応じることを約束すると祥子の母親を残して病院を去った。

私が矢嶋医師と二度目に会ったのは二週間後だった。

私はその前夜、夢にうなされた。夢の中の私の前に襤褸《ぼろ》に身を纏った男が立っていた。

「あなたはイエス・キリストですか?」

私のその問いに男は静かに応えた。

「私の顔は仮面に過ぎない。この仮面を剥げば私が誰であるか、お前に分かるだろう」

私は襲い掛かり、仮面を無理矢理剥いだ。新しい顔がむき出しにされた……その顔は、私の顔だった。

私の家から病院までは四キロの距離に過ぎなかった。その距離を私は歩いた。歩きながら、これまでのことを前夜の夢も含めて、小一時間の時間の中で咀嚼してみたかった。

祥子の母親によれば、祥子の精神がにわかに変調をきたしたのは流産した直後だった。祥子は退院した翌日、母親の目を盗んで外出すると、彼女が子供の頃から親しんでいたカトリック教会を訪れた。

「あの子が神父様に付き添われて戻ってきたのは二時間ほど経ってからでした。あの子は神父様にこう言ったのだそうです——私は大天使ガブリエルから精霊を受けて子を宿しました。でもその子は私の体内から抜け出ていってしまったのです——そう言うと、自分のスカートをたくし上げ、流産したお腹を見せたのだそうです」

大天使ガブリエルとは母親の説明によれば、聖母マリアだけではなく、バプテスマのヨハネの母にも降臨して受胎を告げた天使なのだという。

「驚いた神父様は真剣に、受胎を告知されたのはいつのことか、と娘に尋ねたのだそうです」

それから一時間ほど神父と祥子の間でやりとりがあった。

あくまでも大天使ガブリエルに、自分も告知されたと言い張る祥子に神父は彼女の明らかな精神の錯乱を悟った。こうした経緯の後、祥子は千葉県の病院に送られてきたのである。

この話を聞いた時、私が感じたのは精神病棟に入ることを受け入れた祥子の絶望よりも、彼女の悪意に満ちたユーモアだった。そうであったなら、彼女の精神が錯乱状態に陥っているはずはなかった。

私は昨日見た夢のことを考えた。聖母マリアに受胎を告知した大天使によって子を身籠ったという痛烈なブラックユーモアは、キリストを自称する男の仮面を剥がした後に私の顔が現れた、昨夜のたわいない、しかし不気味この上ない夢とどこか共通するものがあった。

が、私は頭を振ってその思いを振り払った。既に病院の敷地内だった。

その日、私が通されたのは矢嶋医師の診察室だった。彼は長い時間をかけて祥子と私との数年に渡る話を執拗に尋ねた。しばらく時間が経過した後、医師はおもむろに口を開いた。

「この前もお話しした通り私の判断を、今あなたにお教えすることは出来ません。実際、私と他の医師の間でも判断が異なることは決して稀ではないのです」

彼が私に要求したことを率直に解釈すれば、情報の提示だった。そして私は医師の要求に忠実に応えたつもりだった。

医師が口に出来ない病名は何なのか。神父は明らかに、祥子という人格は引き裂かれてしまっているに違いない、と解釈したはずである。しかし、私は祥子の人格が明確な分裂を起こしているとは到底、思えなかった。

確かに祥子の虚言癖やある種の行為は常軌を逸していた。ただ、彼女がロスで起こした自殺未遂は、それまで彼女に抱いていた私の判断を覆していた。

また高井が語った話を総合すれば、彼女の内面には自分に対する嫌悪の感情が歴然と残っていた。

彼女が自殺を企てたのは高井に「自分は自己中心で本当に駄目な人間なんです」と訴えた直後だった。

私が出会ったのはその後の彼女だったが、私を困惑させた祥子は、ある種の人格障害の兆候こそ感じられたものの、決して分裂した自己を持つ女ではなかった。

彼女の中には明らかに自分を懐疑する心が残っていた。ただ、彼女は自分を突き上げる突発的な感情を制御出来なかったのだ。その果てにまた深い嫌悪に陥る。同時に無軌道な行為を正当化してしまいたい祥子自身も、心の奥底に存在していたに違いない。

彼女に罠を仕掛けられた自分を私は何度も感じていた。けれども私以上に祥子自身が、自分の仕掛けた罠の中でもがき苦しんでいたのである。

「祥子さんがここに来てから二カ月ほどになりますが、トレーニング・ルームではいつも三、四人の弟子にボクシングを教えているんです。それは何という練習なの？と尋ねると、シャドウボクシングです、先生、ボクシングのこと知らないのね、と笑われました。とにかく表向きは元気です。仲間もたくさんいますしね」

矢嶋の言葉に私は力を得た。

「じゃあ、退院は近いのですか」と尋ねた私に沈黙で応えたものの、その医師の明るい表情が印象的だった。

「結局、祥子さんは私に何を求めたんでしょう？」

医師の明るい表情に意を強くした私は聞いた。

「……」

医師から返ってきたのは再び沈黙だった。

## 22

祥子から電話が掛かってきたのは、私が病院を二度目に訪ねた一カ月後のことだった。

「退院したのよ」祥子の声が弾んでいた。

「矢嶋先生からあなたが来てくれたことを聞いた時、ほんとうに嬉しかった」

甘えるような声だった。

私の中にも込み上げてくるものがあった。

私の祥子に対する感情は、彼女が入院する前とは明らかに違っていた。

「これからどうするんだ?」

「あなたに会いたい」

間をおかずに祥子から言葉が返ってきた。私の気持ちも同じだった。

私達が彼女の実家に近い街で会ったのは、電話があった三日後だった。

「あたし太ったでしょう？」

それが祥子の第一声だった。

「健康になった証じゃないか」と応じた私に祥子は小さく頷くと、そっと私の手を握った。

その手を握り返した私に祥子が言った。

「あたし達、まるで恋人同士みたいね」

その言葉を聞いた時、私は反射的に手を放した。今思えば、まだ祥子を拒絶したかった、かつての自分がどこかに潜んでいたのだろう。そして私は自分の取った行為にうろたえていた。

けれども「ごめんなさい」とか細い声で謝罪し、後に続いた言葉がさらに私を動揺させた。

「じゃあ、今日、抱いてもらえないの？」

首を傾げながら祥子はそう言ったのだった。

そして、その祥子に激しい欲望を覚える私がいた。


それからどれほどの時間が経過したのだろう。私は私自身に打ちのめされていた。

「いいのよ」

祥子の慰めの言葉が辛かった。

場所はホテルの一室である。彼女に欲望を覚えたはずの私の体はしかし、全く反応しなかった。ファウンデーションで隠されていた左手首の傷跡が浮き彫りになっていた。

その傷跡にそっと右手を置きながら彼女が言った。

「私では駄目なのね」

「そうじゃあないんだ」

弁解がましい私に祥子が言葉を重ねた。

「私はあなたと結ばれることで魂と魂も結ばれると思ったの。入院中、いつもそんなことを考えていた。でもあなたは、そうなりたくなかったのね」

その言葉が私の心をさらに突き放した。

祥子と別れた私は浅草に向かった。一角に宿が軒を連ねていた。無造作に中の一軒に足を踏み入れた。

部屋に通された私に愛想笑いを浮べた女将が「どんな女の子がよろしいかしら」と畳かけてきた。一五分ほどして部屋に入ってきたのは貧相な四〇女だった。しかし、私の体は、そのやせぎすの艶を失った肉体に反応していた。

その一夜以来、祥子からの電話は一度もなかった。私も彼女にどれほど、電話を掛けようとしたことか。けれども、受話器の前で私の指は凍りついた。

そういう毎日が繰り返され、半年が過ぎた。既に木の葉が色づく季節になっていた。

――正午近くに空気を切り裂くような電話のベルが鳴った。受話器を受け取るといきなり高井の声が聞こえてきた。

「もう聞きましたか?」

「どうした?」

再び彼が今度はしっかりとした口調で言った。

「じゃあ、まだ聞いていないのですね」

「何をだ？」

「祥子が死にました」

言葉を失った私に高井が早口で続けた。

「昨夜です。祥子の母親からさっき連絡がありました」

咄嗟に私は自殺を確信した。が、高井が口にした死因は信じられないものだった。

「母親の話によると溺死らしいんです。場所は自宅の浴槽です」

そんなことがあり得るのだろうか。

「実は」と高井が言いかけて言葉を切った。

「昨日、二人で飲んだんです。で、一〇時頃別れて……祥子が亡くなった時間は夜中の三時頃だそうです。母親が発見した時にはもう心臓が止まっていたらしいんです」

「母親がそう言ったのか」

「ええ、とても冷静に話してくれました」

教会で葬儀が行われたのはその翌々日だった。高井と共に参列した私は、一足早く教会を後にした。

その夜、床についていた私は高井の電話で起こされた。高井は酔っていた。よく回らない舌で高井が言った。

「祥子が死んだ日、僕は祥子に二度と会わないと伝えたんです。その言葉が祥子を追い詰めたんです」

電話の向こうで高井は泣いていた。

「じゃあ自殺だったのか？」

「ええ、風呂の中で手首を切って……」

高井は祥子の母親からはっきりと聞いたのだった。

「出来ることなら僕も死にたい」

酔いが言わせた言葉に違いなかったが、無視することは出来なかった。高井の居場所を尋ねた。何度も聞いた私に、やっと応えた酒場にタクシーを飛ばした。

祥子の自殺を自分の責任だと、泣きながら語った高井が哀れだった。しかし、彼がいる酒場が近くなった時、突然ある疑念が突き上げてきた。

## 23

酒場まで三〇分ほどだった。酒場の一番奥にタンブラーを手にした高井がいた。私を認めると、高井は手を挙げて自分の席を指さした。黙って座った私に高井が笑みを浮かべながら言った。

「来てくれると思いましたよ」

その意外なほど快活な声を聞いて、私がタクシーの中で思い当たった疑念は確信に変わった。

「祥子が身籠った相手の男は君なんだろう」

私の強い口調に高井は「とっくに分かっていると思っていたのですがね」と応じた。

「俺は、俺達の間で起こったことの全ては、精神を病んでいた祥子自身に原因があると考えていた。しかし実際は祥子が俺に語ったことが事実だったのか」

興奮した私をなだめるように高井が言った。

「祥子が精神を病んでいたのは事実ですよ。実際、長いこと精神病棟に入っていたのですから」

「さっき、電話で泣きながら自分も死にたい、と言ったのは嘘だったんだな」

「本当ですよ」

そう言いながら彼は笑みを浮かべた。

「何故、俺を呼んだんだ」

「無論あなたと、この切ない夜を共にしたかったからですよ。出来るなら、彼女を境界性パーソナリティー障害の病名の下に精神病棟に閉じ込めた矢嶋先生も呼びたかった。三人で悲しい彼女の死を悼みたかった」

その言葉に私は我を忘れた。そして高井の胸倉を掴んでいた。

その私の下で高井の冷やかな目が光っていた。

かつてのチャンピオンは私の腕を捻るようにすると、静かに言った。

「あなたは僕を卑劣漢と言いたいのだろう。でもそれはあなたも同じですよ。それに祥子の死に一番責任があるのは、あの母親だ。キリストが説いたのは愛だろう。それなのに、あの母親は、幼なかった祥子を抱き締めることもしないで、ひたすら、厳格この上ない毎日を送らせてきた。そのあいつは何なんだ」

そう言うと割れんばかりにテーブルを叩いた。

その光景を見ながら私が感じていたのは、高井の心の闇だった。そして思った。最も精神を病んでいたのは、実は高井だったのではないかと。

高井が再び笑みを浮かべて言った。

「でも祥子が死んで、あなたもほっとしたはずです」

私は高井の言葉に何も言い返せなかった。

高井の元を去り、家路に就きながら私は考えていた。半年前、私と別れた祥子は日を置かずに高井に会いに行ったのだろう。その祥子を高井はどう扱ったのか。

恐らく高井は祥子の母親と同じように愛することが出来ない人間に違いない。

では私はどうなのか。

——自分にそう問いかけた時、私は祥子の死にほとんど心の痛みを感じていない自分を知った。

さらに心の中で開放感を覚えている私自身に突き当たって、思わずゾッとしたのだった。

# 真夜中の電話

# 1

その男から初めて自宅に電話が掛かってきたのは二〇〇五年の梅雨時だった。関西訛り丸出しの男は、自分の名前も名乗らずにいきなり言った。

「あのええ原稿書いたの、あんたか？」

私はある通信社にボクシングの原稿を書いて生計を立てているフリーライターである。通信社の原稿というのは、いつどこの新聞に掲載されるのかは全く分からない。だから「あんたの原稿か」と言われても、こっちは困惑するだけなのだ。

私が黙っていると、さらに男は言った。

「わしは亀田興毅のファンでな。あんたの署名入り記事を大阪のO新聞で読んだんや。O新聞には知っておる者もおるんで、あんたに会わせて貰おう思うて聞いたら、これうちのとちゃう、通信社のや、と。それで手間暇かけてあんたの電話調べさせて貰うたわけや」

「何を言いたいの」

警戒心を込めた私の言葉に、男は一転して凄みを利かせた声で「あまり余計なこと書くな。ええな」そう言うと電話を切った。

当時の亀田興毅は、大阪のグリーンツダジムから東京の協栄ジムに移籍したばかりの日本ランカーだったが、既に、その生い立ちを含めたドラマがテレビで大々的に取上げられたことで、実力以上の人気を博すタレントになっていた。

亀田のファンが指摘した「ええ記事」とは、亀田興毅が二〇〇五年の六月二〇日に後楽園ホールを舞台に臨んだ、元世界ライトフライ級王者サマン・ソー・チャトロンとの試合のことに違いなかった。

私はこんな風に書いていた。

サマンは三五歳の老化著しい元世界王者だったが、亀田の潜在能力の高さを垣間見ることは出来た試合だった。しかし、亀田の取材を受ける態度は鼻持ちならないものだった。「大阪より盛り上がったし、後楽園ホールは二度目やけど、なかなかええ試合場やないか」まだ一八歳の少年は、傲然とそう言うと、さらに亀田の出身地、大阪のジムが生んだ最大のヒーロー辰吉丈一郎と自分との比較を聞かれた際、こう言ったのだ。

「尊敬はしとるで。けど潜在能力は自分が遥かに上や」

亀田の人気の原点は、その強烈な自己顕示欲と辰吉に酷似している風貌だろう。一方、辰吉の人気の理由はその突出した才能だけではなく、徹底したサービス精神と嫌な質問にもユーモアで返す豊かな知性だった。（中略）（亀田については）観客が納得する強い相手と闘わせると同時に父親の史郎氏が、息子に分相応の謙虚な態度を身につけさせることが急務だと思うのだが、どうだろう。


男が言った「余計なこと」とは、亀田の態度について触れた個所を指しているのは明らかだった。

あの電話の後、私は旧知のAジムの会長から「亀田一家ともめているそうじゃないか」と声を掛けられた。

身に覚えのない話だった。

「少なくとも亀田親子とはもめていない。第一、彼らを個人的に取材したこともない」

私が応えると、A会長は「それならいいんだ」と含みのある言葉を残して去っていった。

明らかに筋者と思われる亀田のファンから再び電話が掛かってきたのはその五日後だった。

「ワシや」

いきなり男はそういい「ワシの声、忘れたか」と付け加えた。

「名も名乗らない人間なんか覚えているはずがない」

「何や、覚えているやないか」

男は声を出して笑った。

この男に私の自宅の電話番号を教えたのはA会長に違いなかった。私がもめたのは亀田一家ではなく、その男とだったからだ。

「今度も何か書いたのか？」

男が言った。

「分けのわからない外国人じゃなく、日本人と戦え。日本ランカーに勝った時点で改めて評価してやる。そんなことを書いた」

私はその前日に、常々感じていたことを通信社に送稿したばかりだった。

「懲りないやっちゃな」

男はため息交じりにそう言うと「また電話するから覚悟して置けよ」と言い残して電話を切った。


男が電話を掛けてくる時間は、決まって深夜の一時だった。

「この前、お前おらんかったたな。不便だから携帯教えろ」

受話器からいきなり、そういう言葉が飛び出してきたこともあった。

A会長は私の携帯番号だけは教えなかったのだ。彼から頻繁に電話が掛かってくるが、いまだに名を明かさない。A会長に正体を聞いてみようかとも考えたが、それは思い留まった。教えたのが彼だという確証がなかったからだ。

「サマン、あれは完全に壊れとった。けど次ぎの相手はごっついやつや。またいらんこと書いたらあかんで。容赦せんで」

その電話がきたのが七月四日だった。しかし、以後、なかなか電話は来なかった。私が飲んだくれて帰らなかった日に掛けてきたのかも知れない。

私はその男からの電話を実は心待ちにしている自分を知って、思わず苦笑したのだった。

## 2

七月四日以来途絶えていた亀田のファンから電話があったのは一〇月一四日だった。

「元気やったか？」

いつもは横柄に「ワシや」と切り口上に言う男が、今度はまるで一〇年来の知己のようにこっちの健康状態（？）を聞いてきたのである。

「何とかな」

私はそう応えながら、この亀田のファンの身の回りに変化があったことを感じていた。

七月四日から一〇月一四日の間まで、亀田興毅に関しても大きな変化があった。

八月二一日にワンミーチョーク・シンワンチャーを三回ＴＫＯに下し、東洋太平洋フライ級王座を獲得。それまで疑問視されていた実力が本物であることを実証していた。

「サマンは壊れとった。けど次はごっつい相手や。またいらんこと書いたら容赦せんで!」

男はこの前、そう恫喝して電話を切ったことを私は思い出していた。

「亀田強かったな」私の言葉に亀田のファンは「ああ」と素っ気なく応えた。

「そらみい、と言わないのか」と茶々を入れた私に男は「わかっとった結果に、今さらあれこれ言いたないわ」とぶっきらぼうに言葉を継ぐのである。

「それなら何の用だ」

私の問いかけに男は「何やその言い方は」と一喝したが、荒い言葉のなかにもどこか力が入っていない。

「つい三日前に、興毅を個人的にインタビューしてきたんだ」

こちらから初めて話を振ったのも、相変わらず名を明かさない男のこれまでとは打って変わった様子に、私なりに気を遣ってしまったからだった。

「ほう」男が興味を向けた。

「で、興毅はどない言うとった?」

「なかなか、有意義な一時間だった」

「だから興毅は何と言うたんや」

私は亀田家の長男の言葉を反芻して伝えた。

「タイトル取って初めて底力を証明したな、と水を向けたら、それまで相手弱かったし、大したことないと思われても仕方なかったやろな、亀田はそう言ってたよ。で、今の目標を聞いたんだ」

「おう、どない言うてた」

「一〇代でフライ級の世界チャンピオンになることだが、今WBCのポンサクレックとも、WBAのパーラとやっても間違いなく勝てる、と豪語していた」

「あかんな。自惚れているのとちゃうか」

私は男のこの言葉に思わず声を挙げて笑った。

「だから亀田が傲慢だと、散々言ってたじゃないか」と続けると「分かっておるわい。それからどない言うたんや」まるでだだっこのように、私の言葉を待つのだった。

「でもな、俺の目標は一〇代で世界取ることやない。日本におらへんかったボクサーになることや。レナードやトリニダードのように。それにはまだまだ俺は弱い。俺がこれまで見せたのは喧嘩や。これからはそこにボクシングをプラスせんとな」

「興毅、そない言いよったか」

「言いよった」

ついつられてしまった関西弁だったが、男は気付かなかったのか、言葉を挟まずに次の私の言葉を待った。

「で、聞いたんだ。君のいうボクシングとは何だ、と。興毅はこう言った。頭と下半身と根性。それが俺のボクシングだ。ボクサーなら手は自然と出る。けど、下半身鍛えていなかったら、相手を倒すパンチを一二ラウンドに渡って出せへん。頭は駆け引き。根性は、言わなくても分かるやろ」

「ええこと言うわい」

亀田とのインタビューは通信社の依頼だった。私は散々その通信社に批判めいた記事を書いていただけに、身構えながら質問をしていたのだが、亀田自身はそれを知らなかったのか、実に素直に応じていた。

「で、亀田が言うんだ。今、午前で三時間、午後四時間練習しとる。けど、オヤジいつも見とるし手を抜けん。その上、二人の弟が一緒や。だから兄貴としてはもっと踏んばらねばならん。きついわ。ほんま、きつい。もう体、ボロボロや」

「ほう」

男は真剣に聞いていた。

「でもな、俺は弱音を吐く亀田にむしろ好感を持ったんだ」

私が言うと「なんや、迫力ないこと言うやないか」と男が笑った。

「そう言うな。感じたことを今までの先入観を捨てて表現するのが俺達の仕事なんだ」

私はその言葉を何とも気恥ずかしい思いで口にしたのだが、男は突拍子もなく「お前、ええやっちゃな」と言うのである。

さらに男はこう続けたのだ。

「一回、お前と会わないかんな」

私は意表を突かれた思いでしばらく、黙していた。名も明かさない男との電話に応じていたのはそれが一種のゲームと感じたからだ。が、会って実際に向き合うことは、そのゲームを壊すことになる。しかも相手はどう推測しても極道と思える人間なのだ。

私は迷った。しかし、その果てに「それもいいかも知れないな」と応えていた。

## 3

会う約束をしたにも拘わらず男から電話は一向に掛かってこなかった。

やがて一一月二六日が来た。その日は亀田が前WBA世界ミニマム級王者のノエル・アランブレットと対戦した日である。

亀田はこの試合巧者に初回から圧力をかけ、七回にストマックへの左ストレートで戦意を喪失させたうえでKO勝ちを収めた。

翌日のスポーツ紙は、横綱の朝青龍が年間六場所全ての優勝を成し遂げた快挙を押しやり、一面で亀田の強さを称えていた。確かに亀田は強かった。それでも私はこの一八歳の少年にまだ絶対的な強さを認めていなかった。

アランブレットは亀田より二階級下のミニマム級でしか実績を残していない選手である。また、アランブレットにしても六月に東洋王座を奪ったワンミーチョークにしても、本来はアウトボクサーである。

同じ階級で、しかも亀田のように圧力を掛けてくるタイプのハードパンチャーと対戦したらどうなるのか。そう考えると、この希代の人気ボクサーの強さは完全に立証されていない。そう思えたからだ。

そして私はふと、あの男と改めて亀田について語り合いたい衝動を覚えたのだった。

それは不思議な感情だった。こっちの意向も無視して突然、電話を掛けてくる男と、忌憚のない意見を交わすことなど考えられないことだったからだ。

私の心の変化は一〇月一四日に掛けてきた電話で感じた男の異変に起因していた。そのときの男は、物言いにも力がなかった。いつもの相手を恫喝するような口調は影を潜め、むしろ私の聞き役に回っていたのだった。

男から電話があったのは一二月二日だった。

「ワシや」

受話器から聞こえてきたのは初めて私の元に電話を掛けてきたときと同じ不愛想な物言いだった。私はその口調に懐かしさを感じながら、ぶっきらぼうに返答した。

「会いたいと言っておきながらどうしたんだ。もう一カ月もすれば年が変わるぞ」

「待っとったんか。そりゃ、済まんかったな」

男の声が笑っていた。

「で、どうする? 会うのか?」

「ワシにそんなに会いたいのか?」

「会おうと言ったのはそっちのほうだろう」

私も笑いながら言葉を返した。

こうして私達は一二月七日、新宿の酒場で会うことになったのだ。

「お前の顔はよう知っとる。大体、お前、後楽園ホールじゃ、いつも偉そうに記者席のど真ん中に座っとるやないか」

会うにしても顔を知らない。その私の疑問に男はそう応えていた。

男から指定された酒場は、歌舞伎町の繁華街を少しはずれたビルの地下にあった。師走の夜はとっぷりと暮れていたが、丁度八時に店のドアを開けた私の目に飛び込んできたのは、カウンター越しの六〇近いマスターだけだった。

「待ち合わせなんだけど」と言った私に、マスターが小声で応えた。

「わかっとる。ワシや」

その声は電話越しに聞いたその声だった。さらに男は言った。

「ほんま、久しぶりやな」

## 4

「久しぶり、と言われてもこっちは初対面だ。あんたは俺を試合場で観察していたらしいけどな」

しかし男から返ってきたのは予想外の言葉だった。

「ワシのことまだ分からんのか？」

私はつぶさに男の顔を眺めた。

「あれから四〇年近く経っているんやから、仕方ないか」

男は、静かに笑った後、自分の名をやっと告げた。

「大原だよ」

大原？私が覚えている大原は一人しかいない。その男は大学時代にボクシング同好会で共に汗を流した仲間だった。

「大原亮介じゃないだろうな」

「その大原亮介や」

そう言うと男は表情を消した。そして言葉だけを重ねた。

「お前とよくスパーをした大原や」

大原は私達を指導してくれた石丸哲三先輩が目をかけていたライト級だった。

石丸さんは大学を卒業するとハワイでプロになり、その後、千葉県の津田沼でジムを開いた人で、二〇〇三年に急逝していた。大原は石丸さんに、プロになることを何度も勧められていた男だった。

しかし目の前にいる男は三〇余年の歳月を経ていたとしても、昔の面影のかけらもなかった。

「違うな」

私は真正面からその顔を見据えながら言った。

「俺の知っている大原は埼玉県出身だ。あんたのような関西訛りはない。それにもっと背が高かった」

「正確に言えばお前が俺を最後に見たのは三六年前だ。長いこと大阪で生活すれば、言葉も変わる。年取れば背も縮む」

男の言葉から関西訛りが消えていた。

「お前と高田馬場の『甚平』でよく飲んだよな。それから新宿三丁目の『どん底』……」

男が大原ならその通りだった。

その大原が忽然と姿を消したのは一九六九年の秋だった。だから確かに三六年という数字は、私の記憶とも合致していた。

「お前、いい年こいて若い女、追っかけまわしているそうやないか」

男は唐突に切り出すと、卑しさの混じった笑いを浮かべた。

「そんなこと、ワシが何故知っているかと、思うとんのか？」

男の口調が関西訛りに戻っていた。確かに私はその年の春、二九歳の女に執着を覚えたことがあった。けれども、その事実を知っている人間は限られていた。

怪訝な表情の私に男の言葉が追いかけてきた。

「お前が女、口説いとった『マンハッタン』に、あん時、ワシ、居たやないか」

新宿のゴールデン街にあるその店に、私は頻繁に足を運んでいたが、その男を見かけたことはない。

その日、私は女のほかに二人の男を引き連れていたが、客はほかに居なかったはずだった。だとすれば、「マンハッタン」の女主人が、男に話したこと以外に考えられなかった。

「だからどうしたんだ」

気色ばむ私に男が言った。

「みっともないと思わんのか」

そこまで言うと男は「まだ乾杯もしとらんかったな。ワシら」と笑い、二人のコップにビールを注いだ。

そのビールを飲み乾してから私は改めて辺りを見回した。時計を見ると、この店に入ってから三〇分ほどしか経っていなかったが、相変わらず客は私以外にいなかった。

「お前の店、流行っていないようだな」

その私の言葉を待っていたように男が言った。

「今日は貸切や……お前を殺したくなった時、人がおったらまずいしな。だからずっと二人きりや」

「殺したい理由を聞こうか、大原」

私は初めて男をそう呼んだ。

「お前は若い女に振られた話で、さつきの気を引いて、彼女をホテルに誘ったやないか。それが許せんのや」

さつきは「マンハッタン」の女主人の名前である。さつきの情に訴えたつもりなど私にはなかった。

それにしても大原の殺意の理由は実に不可思議でその上、子供じみていた。

私が執着を持った女、秀子と出会ったのはボクシングの試合が終った後の後楽園ホール近くの居酒屋だった。

その夜、私が酒を酌み交していたのはカメラマンの川口とライターの小窪だった。したたか飲み、終電車の時間が近づいた頃、川口が少し離れた席にいる秀子を認めた。秀子は一人だった。帰り仕度をしていた秀子に川口が声を掛けた。つられるように私達の席に出向いてきた秀子に、川口が労わるように手を差し伸べた。

秀子はポスターなどを手がけるデザイナーだった。その秀子と、私は一度だけ酒席を共にしたことがある。共通の友人の歓送会の酒宴だったが、その宴が延々と続いていた。私が秀子に声を掛けたのは、既に晩春の夜が明け窓の外が白んできた頃だった。何を話したのか覚えてもいないが、秀子に近づいた時、石鹸の香りがした。その香りは煙のように舞い上がると、しばらく宙を漂ったのち私の左手の甲の中に吸い込まれていった。

それは幻影に違いなかったが、しばらくの間、私の左手の甲は幾ら洗っても香りが消えることはなかった。

それから二年が経っていた。

「一緒にいた友達が、少し前に帰っちゃったんで、あたしも帰るところなんだ」

酔いのせいか、舌足らずに応えた秀子を川口が押しとどめ「僕の大好きな秀子ちゃん」と改めて彼女を我々に紹介した。

その言葉が引き金だった。私の中で大きく弾けるものがあった。

川口はかつて一〇回戦のリングで闘ったボクサーで、目鼻立ちの整った美青年だった。私の中で弾けたものが何だったのか、うまく説明できないのだが、具体的な感情として湧き上がってきたのは三〇歳の元ボクサーへの対抗心だった。

「ナニガ　ダイスキナ　ヒデコチャンダ　オンナガスベテ　オマエニ　ナビクトオモッタラ　オオマチガイダゾ」

翻訳すればそんな他愛のない言葉だっただろう。が、酔いが私の感情を増幅した。

気が付くと、私が強引に秀子を自分の隣の席に座らせ、言った。

「俺を覚えてるか」

「覚えている。あの時以来だね」

秀子が笑みを浮かべて応えた。二年前と同じ、石鹸の香りが私の鼻腔を突いた。

それから何時間経ったのか。気がつくと私達四人は新宿の「マンハッタン」で飲んでいたのである。

さつきが忙しそうに我々のグラスに水割りを作っていた。秀子がトイレに行ったのを見計らって、さつきが私達に言った。

「女なんて、三〇歳になったら、男が四〇歳だろうと五〇歳だろうとあまり変わりはないのよ」

店に入って間もなくした頃、私は秀子に問いかけていた。

「お前は俺が好きか」

「うん、好き」

「凄く好きか」

「凄く好き」

「じゃあ、一緒に住むか」

「うん、住む」

こんなやりとりを私は秀子としていた。

さつきにも、川口にも小窪にも、それは単なる酒の上でのやりとりに映ったはずだった。二度の酒席を共にしただけの私に二世代も違う女が特別な感情を抱くことなど考えられないことだった。

自分の中にそうした思いが湧き上がってきた時、さつきは、また言った。

「成熟した女にとって三〇歳も四〇歳も五〇歳の男もあまり違いを感じないものなのよ。女が女になるって、そういうことでもあるのよ。だから、あの子といい恋をするといいわ」

翌日、私は恐る恐る秀子を誘った。電話口から返ってきた秀子の声は、しかし私の恐れに反して弾んでいた。数日後、私と秀子はしたたかに飲んだ。その翌日も翌々日も私達は逢瀬を楽しんだ。

けれども、その日を最後に秀子の携帯は通じなくなったのである。呼び出し音の後、必ず、留守電に切り替わってしまうのだ。

秀子から電話があったのは、そうした状態が一カ月ほど続いた後だった。

「あの新宿の夜のことを、ある人に話したら、もう電話に出るな、と言われたの。でも私は心苦しかった。それを説明したかったの」

秀子の婉曲な拒絶の言葉に、私は無言で頷いた。もし私が秀子と同じ年頃の女から同じ相談を受けたとしても、同じように「電話に出るな」と言ったに違いなかった。

さつきが、三〇歳の女にとって、相手の男の年令は関係ない、と主張しても、それはあくまでさつきの持論で、五〇代半ばの私は秀子にとって初老の男以外の何物でもなかった。それが現実だった。

秀子の携帯が私を拒絶するたびに、私は自分の老いを実感した。人間は必ず衰え、死して朽ちる。その過程が老いというものだ。しかし、私は老いていく自分に真正面から対峙しようとしなかった。だから私は「恋の傍ら」に無理矢理、自分を引きずっていったのだ。

その秀子との一部始終を私はさつきに話していたのだった。

「二九の女がだめだったから、次は四〇女のさつきか！」

大原の怒声が、秀子との出来事を反芻していた私を覚醒させた。

大原が真夜中の一時に電話を掛けてきてから半年が経っていた。初めは、私が通信社に書いた亀田興毅に関する原稿への苦情であり、恫喝だった。それが初めて私の前に顔を出した亀田のファンは亀田の試合のことにも触れずに、酒場の女主人のことで私に因縁をつけているのである。

「お前は本当は誰なんだ」

私は怒りと困惑の入り混じった声で男にそう言った。

## 6

大原と名乗る男が私に殺意を抱いた理由は、彼によれば、私が女性に振られた話でさつきの関心を呼び起こし、その感情を利用して彼女をホテルに誘ったから、という無茶苦茶なものだった。

ただ、私がさつきを誘ったのは事実だった。週に二度の割りで「マンハッタン」に通う私に、その日も「で、秀子さんとはそれからどうしたの」と挨拶代わりにさつきは声を掛けてきた。

夜が更け、私のほかに客がいなくなったのを機に、私と、さつきは店を出た。

私は改めてさつきに言った。

「どうなったといってても連絡なんてないさ」

そのときはまだ秀子から再び電話が掛かってくる前だった。

「自分の中ではとっくに踏ん切りはついている」

そう応えた後、私は情けない告白をせずにはいられなかった。

「踏ん切りはついていても、実は飯が喉を通らない」

咄嗟にさつきが腕を絡めてきたのはその直後だった。さつきの大きめの乳房が私の左腕に触れた。その感触が引き金になったのだろう。

「これからホテルに行くか？」と自分でも意外な言葉を口にしていた。

さつきは呆れるように私を見た後「あんたが誘ったのはホテルじゃなくて食事でしょう」

「まあな」

私が応えると、さつきが間髪を入れず「着いたわよ」とある店の暖簾を指した。

それだけのことだった。それにしても、これは二人だけのやり取りである。

その会話を知っているとしたら、さつきが男に語ったとしか考えられない。

すると男が唐突に言った。

「さつきな、あれはワシの女や」

さらに続けた。

「お前、本当はさつきを抱く気なんか、なかったんやろ」

「そうだったかも知れない」

私がぼんやりと言葉を返すと、男はカウンターの下から取り出した包丁を勢いよく突き刺し「だから許せんのや」と怒りの篭った声を張り上げたのだった。

結局、私は殺されず「もう行ね！」という言葉を合図に店を出た。

ただ、私はドスが刺さったカウンターを前に少しの間、男の話を聞いていた。

男が語ったのは大原亮介でなければ、知らないはずの私の学生時代の話だった。

一九六八年の晩秋、私は西武新宿線沿いの安アパートで同居していた女と別れた。というよりボクシング同好会に入る前に籍を置いていたジムの、プロの元に彼女は走っていったのだった。

一年ほどして私は新宿で彼女に偶然出会った。私がその時、彼女に覚えたのは深い愛着だった。しかし、言葉を掛けることも出来なかった。それから長い年月が経った後、共通の友人から彼女の死を知らされたのだった。

「彼女の死を知らせたの、ワシやったやないか」

男は私の顔を覗き込むようにそう言ったが無論、そのはずはなかった。それでも男は構わず続けた。

「ワシがお前の前から姿消したのは六九年の秋や。それからワシが何をしていたか、分かるか？ 一六年間、ワシはあの女と一緒だったんや」

その言葉を疑いながら、私は表情を変えずにはいられなかった。

私が店を出る前に男は言った。

「お前は自分の尻も拭けない情けないやっちゃ。抱きたくもないのに女をホテルに誘う。

好きな女に逃げられた挙句、未練を持ち続ける。そんな男、殺しても仕方ない。お前と話してそれがよう分かったわ」

男は私の心の中を見透かしたように笑い、そして「行ね！」と野良犬相手のように、私を右手で追い払ったのだった。

その翌日、私は「マンハッタン」に出向くと、客が引けたのを見計って昨夜の話をした。

「私は大原なんて男知らないわよ」

素っ気ない言葉がさつきから返ってきた。しかし、ややあって、さつきは一転して「その男の店に行ってみようか」と切り出したのだ。

時計を見ると午前一時を回ったばかりだった。

「マンハッタン」から歩いて五分ほどの距離にあるはずのその店は、しかしなかなか見あたらなかった。

花園神社の周辺を熟知するさつきが言った。

「あんたのいうようなビルはもうない」

とは言え、いくら私が酒を飲んでいても昨日の場所を見違えるはずがなかった。

「で、その大原って人はどんな男なの?」

おおよその特徴をさつきに聞かせた直後だった。私とさつきは同時に、植え込みに水を注している男を認めたのである。

「あの人に聞いてくる」

さつきは僅かな距離を駆けていった。が、すぐさま、彼女は男の傍らで青ざめた顔で立ち竦んでいた。男が立ち上がり、こちらを振り返ることもなく姿を消すと、戻ってきたさつきは私の腕を掴むと呟いた。

「あの男、あんたと同じ顔をしていた……」

## 7

私はさつきが言っている意味がよく分からなかった。私と似ている男など、この世の中に数え切れないほどいることだろう。しかも、今は深夜で歌舞伎町の中心街から離れた明かりの乏しい場所である。

それでもさつきは、強い口調で続けた。

「こめかみの傷も全く同じだった」

さらにさつきが言った。

「あたしがまじまじと顔を見てると、あいつが言ったのよ、俺に用か、俺はオオハラリョウスケだ、って！」

さつきの声がかすかに震えていた。

「ここから早く離れようよ」

さつきに促されて、わたし達は、足早にそこを去った。

それから私達は深夜の新宿を彷徨った。

互いの知らない店に入って一杯のバーボンを飲み干すと、また別の店のドアを開けた。

何軒の酒場を飲み歩いただろう。気がつくと、冬の遅い朝はとうに明けていた。

さつきが抱いた恐怖に私も感染していたのだろう。私たちはそうやってその夜に起きた奇怪な出来事から遠ざかろうとしたのかも知れない。

その日の夕方、やっと寝床を離れた私は、まだ酔いが残っている頭で、さつきの言葉を反芻していた。

初めて見かけた女になぜ、男は自分の名を名乗ったのか。しかもその男は私と全く同じ顔をしていた。だが、その男の顔をつぶさに見、そして言葉を交わしたのはさつきだけだ。

翌日、私はまた「マンハッタン」を訪れた。母の形見だというレトロ調の置時計が二時を打つと客は私だけになった。それを待っていたように呂律の回らない口調で彼女が言った。

「あんたが探していた大原亮介は、あんたの最も近いところにいたんだね」

それからさつきは私の顔を覗いた。

「ほら、この鼻も、この眉毛も、この唇も、全部同じだったよ。あんたは大原亮介だったんだね」

さつきはそう言うと、私の唇に自分の唇を重ねてきた。その唇を受けながら私は陶然とした頭で、自分の考えを整理していた。

六月以降、しばしば真夜中に電話を掛けてきた亀田のファンが大原亮介で、さつきが昨夜、垣間見た男も大原亮介で、その男が私なら、さつきの言うように私は大原亮介ということになる。

さつきは私の思考を遮るように、甘ったれた声で、

「よかったね。これで謎がとけたじゃない」と言うと私の太い首に両手を回してきた。

「じゃあ、あの電話は誰が掛けてきたんだ」

「決まっているじゃない。亀田のファンが大原亮介だったんだから、大原よ。でも大原はあんただったんだから、あんたよ」

「俺が、自分で自分に掛けたのか？」

「そういうことになるけど、きっとあんたは夢を見ていたのかもしれないね」

「でも、君が昨夜見た大原と名乗る男は誰なんだ。俺はその男の顔も見ていなければ声も聞いていない。それに俺は俺で、俺とは顔も似つかない大原と出会っているんだぞ」

するとさつきは、私から体を離すと

「なにを言ってるの。あんたが一緒に飲んだっていう店なんかいくら探してもなかったじゃないの」と呆れた表情を浮かべて、

「だから私が出会った大原もあんただったって言ってるでしょう！」と声高に続けたのだ。

私が実体としてのもう一人の私に出会う。そんなことが有りうるはずもない。ただ、そんな不思議な出来事に遭遇した例が、実は米国やドイツの心理学会で報告されているのも事実なのだ。それはドッペルゲンガーとか二重身幻想と呼ばれている現象である。

ドッペルゲンガーに関しては、色々な解釈があるが、多くの人間が遭遇した例は極めて少ない。信頼に足る例証は、四〇年ほど前に米国の田舎町で起きた事件だろう。それはある晴れた日の午後、小学校の女性教師が教室の黒板に説明箇所を書き写していたときだった。その教室外に居合わせた警備員と三〇人ほどの生徒が、ふと窓の下の花壇に目を向けると、そこに服装も顔もその女性教師と全く同じ人間が花壇の中に佇んでいた。そして女性は、まだチョークで黒板に文字を書いている自分に会釈をすると、そのまま悠然と去っていった、というのだ。

この報告は心理学会でも論議の的になった。超常現象などを否定しないユング的解釈などと揶揄する心理学者も当然、多数を占めたが、今でもしかしドッペルゲンガー現象が取り上げられるとき、しばしば例に出される事件として知られている。

ところで、私の前で大原亮介と名乗った男は誓って言うが私とは違った人間だった。そしてさつきが見た大原を私は見ていない。つまり私は私と遭遇してはいないのである。

結論はひとつだった。さつきが何らかの意図で私を騙しているのである。では何の為に……。

その謎を解くためには私がしなくてはならないことは、一九六九年以来、会っていなかった本物の大原亮介を探し出すことであり、もし死んでいたとすれば彼のそれまでの足跡を辿ることだった。

ただ私は重要なことをひとつ失念していた。それは真夜中の電話の主と出会った酒場が、いくら探しても見つからない事実だった。

# 8

亀田興毅はその翌年になる二〇〇六年六月、階級を本来のフライ級から一階級落としたライトフライ級で、元世界ミニマム級王者だったファン・ランダエダと空位のＷＢＡ世界王座を掛けて対戦し、私のインタビューで公約した通り一〇代（一九歳九カ月）で世界の頂点に立った。

ただその試合はマスコミのみならず、ボクシングファンさえも「亀田は負けていた」と痛罵した内容で、それ故「鬼塚勝也以来の疑惑の判定」などと酷評された試合だった。亀田はその王座の初防衛戦で、再びランダエダと対戦、辛勝するとタイトルを返上。本来の適正階級であるフライ級に戻し、世界挑戦の機会を待った。

そうした亀田を横目に私は大原亮介の足跡を辿ることに専念した。二〇〇五年の暮れ、私は亀田のファンと会う約束をし、そして会った。彼が私の大学時代の友人である大原亮介を名乗ったからである。が、男は私が三〇年以上前に散々飲み歩いた大原とは、似ても似つかない男だったのだ。

大原は埼玉県のO市の出身だった。私はその住所を頼りに足を運んだ。かつて彼が住んでいた住居は驚いたことに今もそのままひっそりと存在していた。

玄関を叩くと老婦人が姿を現した。来意を告げた私に彼女が言った。

「亮介は随分前に死にました」

もう九十歳を越す年齢と見られる老婦人は亮介の母親だった。


亀田はライトフライ級王座を返上するとフライ級に上げ、WBC王者の内藤大助に挑戦、3―0の判定を制し二階級を制覇。それは二〇〇九年一一月のことで、亀田がプロ六年半にして初めて対戦した日本人だった。

私は最初に亀田を取材して以来、個人的取材はしていなかった。理由は亀田の余りに自己中心的な人間性に対する嫌悪だった。ところが内藤と対戦した試合を、ボクシングマガジンの試合評にこんな風に書いていた――

試合に先立つ国歌演奏を目を瞑って耳を傾ける亀田は、死地に赴く戦国の武将を彷彿させた。そこに美を感じたのだった。

そしてこう結んでいる――

キャリアで内藤に劣る亀田だったが、日本中のボクシングファンからバッシングを受け誰よりも辛い思いをしてきたのが亀田だった。多くの曲折を経た末に辿り着いた精神の姿勢が国歌演奏の際に見せたあの姿だった。そして待ちに徹して勝った。

私はほぼ亀田を絶賛する形で原稿を終えていた。

しかし、亀田はその王座を失うと、二〇一〇年暮れに、ほぼ引退状態にあったアレクサンドル・ムニョスとの空位のＷＢＡ世界バンタム級王座を争い、判定勝ちで日本初の三階級制覇達成。

「亀田をタレントとして支援してきたＴＢＳのバックアップの賜物」それが我々メディアの見方だった。

打たれ弱いことで定評のある亀田は慎重にパンチのない外国人挑戦者を選び抜き、その王座の八度の防衛に成功。ＷＢＡからスーパーチャンピオンとの対戦を指示されると、その対戦を回避し、さっさと王座を返上していた。

こんな亀田をかつて協栄ジムで同僚だったＷＢＣ世界スーパーフライ級王者の佐藤洋太は彼の引退式の席上で「なんですか、あのボクサーは！　亀田は、ボクシングはビジネス、と公言して弱い相手を選び続けたけど、ボクシングはファンにとってロマン。僕はタイで三度目の防衛戦に負けて引退しますが、ロマンを追い続けてきたと自負しています」と言い切り喝采を浴びた。

それから三年後、亀田は四階級制覇を狙って、ＷＢＡスーパーフライ級王者の河野公平に挑戦。河野は亀田にとって内藤以来二人目の日本人選手だったが０―３の判定で敗れた試合を最後にプロ人生を終えた。それは佐藤洋太が主張したように、ビジネスに徹した商人のプロ人生だった。恐らく九割のボクシングファンから嫌われたプロ人生だったに違いない。

ただ私はそんな亀田に、あるとき好感を抱き、内藤を下して二階級を制した亀田を絶賛した原稿を書いたのだった。

その自分は一体、何者なのか。深い疑問が湧いた。亀田のファンと名乗った大原亮介は実在したのか。あの真夜中の電話は大原からのものだったのか？それともさつきが言ったように私が大原亮介だったのか。

「お前は大学時代に振られた女に未練を抱き続け、五〇を過ぎてからは自分よりふたまわりも若い女に懸想《けそう》し、それも振られると、その話でさつきの気を引きホテルに誘う。お前はそういう情けない男や」

大原亮介はそう言って私を糾弾したのだった。

翌日、私は「マンハッタン」を訪ねた。

「何年振り？」

さつきが満面に笑みを浮かべて私を迎え入れた。

私はすぐにも大原亮介を話題にした。既に一〇年以上の歳月が経っていた。

「あの時あたしは、あんたが夢を見ているんだ、と言ったはずよ」

さつきは昨日のことのように言い、こう続けた。

「大原亮介はあんただった。とも言ったはずよ」

だとすると、あの大原からの電話も私が自分に掛けていた電話ということになる。

私の中に突き上げてくるものがあった。あれは自身を告発する声だったのか？　一度として家庭を持たず、ひたすら恋の傍らに自分を置き、年を取っていく自分に正面から対峙しようとしなかった。

亀田興毅を嫌悪しながら彼を絶賛する原稿を書いてしまう日和見的な自分がいた。そんな自分を告発する私の内からの声だったのか？

確かに私はまどろむような時間を何十年と生きてきた。そうして気がつけば死が近い年齢になっていた。

「俺の人生はずっと夢の中だったのかも知れないな」

そうため息をつく私にさつきが言葉を重ねた。

「あたしももうすぐ還暦。これからあんたのように夢を見るわ。私だけの夢をね……」

◎著者略歴
丸山幸一（まるやま こういち）
一九四七年五月二九日東京都台東区生まれ。現在千葉県市川市在住。早稲田大学第一文学部哲学科卒業後、東京タイムズ社入社。主に運動部でボクシング・高校野球・プロ野球パリーグ等を担当。退社後はフリーとして、共同通信社・デイリースポーツ社・ベースボールマガジン社等のボクシング記事を執筆。現在に至る。

# 悪魔に愛されたボクサー

二〇二〇年三月一〇日　初版第一刷発行

著　者　丸山幸一
発行者　森 信久
発行所　株式会社 松柏社
〒一〇二-〇〇七二　東京都千代田区飯田橋一-六-一
電話　〇三（三二三〇）四八一三（代表）
ファックス　〇三（三二三〇）四八五七
Eメール　info@shohakusha.com
http://www.shohakusha.com

装幀　常松靖史［TUNE］
組版　戸田浩平
印刷・製本　倉敷印刷株式会社
ISBN978-4-7754-0268-9